# O MÉTODO SICILIANO

Livros do autor publicados pela **L&PM** EDITORES

*A forma da água*
*O cão de terracota*
*Sequestros na noite*
*O método siciliano*

# ANDREA CAMILLERI

# O MÉTODO SICILIANO

*Tradução de* Joana Angélica d'Avila Melo

Texto de acordo com a nova ortografia.

Título original: *Il metodo Catalanotti*

*Tradução*: Joana Angélica d'Avila Melo
*Capa*: Paul Buckley. *Ilustração*: Andy Bridge
*Preparação*: L&PM Editores
*Revisão*: Jó Saldanha

CIP-Brasil. Catalogação na publicação
Sindicato Nacional dos Editores de Livros, RJ.

C19m

    Camilleri, Andrea, 1925-2019
      O método siciliano / Andrea Camilleri; tradução Joana Angélica d'Avila Melo. – 1. ed. – Porto Alegre [RS]: L&PM, 2023.
      264 p. ; 21 cm.

    Tradução de: *Il metodo Catalanotti*
    ISBN 978-65-5666-355-5

    1. Ficção italiana. I. Melo, Joana Angélica d'Avila. II. Título.

23-82378         CDD: 853
                  CDU: 82-3(450)

Meri Gleice Rodrigues de Souza - Bibliotecária - CRB-7/6439

© *Il metodo Catalanotti* 2018 © Sellerio Editore
Publicado mediante acordo especial com a Sellerio Editore em conjunto com os agentes indicados por eles Alferj e Prestia e The Ella Sher Literary Agency

Todos os direitos desta edição reservados a L&PM Editores
Rua Comendador Coruja, 314, loja 9 – Floresta – 90.220-180
Porto Alegre – RS – Brasil / Fone: 51.3225.5777

Pedidos & Depto. Comercial: vendas@lpm.com.br
Fale conosco: info@lpm.com.br
www.lpm.com.br

Impresso no Brasil
Outono de 2023

# I

Encontrava-se num descampado em frente a um bosquezinho de castanheiros. O terreno era totalmente coberto por um tipo de margaridas vermelhas e amarelas que ele não conhecia, e das quais brotava um perfume que enchia o ar. Sentiu vontade de caminhar descalço, e estava se inclinando para desamarrar os sapatos quando ouviu, vindo do bosquezinho, um forte ruído de chocalhos. Deteve-se para escutar melhor e viu sair de entre as árvores um rebanho de cabras brancas e marrons, cada uma das quais trazia um colar de sinetinhas. À medida que os animais se aproximavam, o tilintar se transformou num som único, insistente, interminável, agudo. E aumentou tanto de volume que chegou a provocar nele uma incômoda sensação nos ouvidos.

Foi esse incômodo que o acordou, e ele constatou que aquele som, o qual continuava mesmo depois de seu despertar, era simplesmente a chatíssima campainha do telefone. Compreendeu que devia se levantar para ir atender, mas não conseguia, ainda estava tonto de sono, a boca toda empastada. Estendeu um braço, acendeu a luz, olhou o relógio: três da manhã.

Quem podia ser, àquela hora?

O toque insistia, não dava um instante de sossego.

Finalmente levantou-se, arrastou-se até a sala de jantar, pegou o aparelho. E o que lhe saiu da boca foi:

– Aghhô, 'em é?

Houve um instante de silêncio, e depois a voz de quem havia chamado disse:

– É da casa de Montalbano?

– Sim.

– Aqui é Mimì!

– Mas que caralh...?

– Por favor, por favor, Salvo. Abra, que eu estou chegando.

– Abrir o quê?

– A porta.

– Um momento.

Deslocou-se pouco a pouco, saltitante, como um boneco de corda. Alcançou a porta, abriu-a.

Olhou lá fora.

Não havia ninguém.

– Mimì, mas onde diabos você está? – gritou para a noite.

Silêncio.

Fechou a porta.

Teria sonhado aquilo tudo?

Voltou para o quarto, embrulhou-se de novo no lençol.

Já ia readormecendo quando a campainha da casa tocou.

Não, não tinha sonhado.

Montalbano chegou à porta e abriu-a.

Mimì, do lado de fora, empurrou-a com força; o comissário, do lado de dentro, não teve tempo de se desviar e foi atropelado pela porta, que o pegou em cheio, fazendo-o bater contra a parede.

E, como ele não teve fôlego para xingar, Mimì não percebeu onde ele se encontrava e o chamou:
– Salvo, cadê você?
Com um pontapé, Montalbano voltou a fechar a porta, motivo pelo qual Mimì continuou do lado de fora da casa.
Então começou a berrar:
– Vai abrir esta porcaria ou não?
Montalbano abriu de novo, esquivou-se rapidamente e ficou parado olhando Mimì, que vinha entrando com os olhos dardejando raios. E que, conhecendo bem a casa, passou correndo diante do comissário, precipitou-se até a sala de jantar e abriu o aparador, de onde tirou uma garrafa de uísque e um copo. Em seguida despencou numa cadeira e começou a beber.
Até esse momento, Montalbano não tinha aberto a boca e, sempre sem abrir a boca, foi até a cozinha e fez a costumeira xicrona de café. Só de ver a cara de Mimì, havia compreendido que o assunto do qual este queria lhe falar era coisa pesada.
Mimì foi ao seu encontro na cozinha e desabou em outra cadeira.
– Eu queria lhe dizer... – começou, e logo se interrompeu, porque só então viu que o comissário estava pelado.
E o próprio Montalbano só então se deu conta disso também e correu até o quarto para pegar uns jeans.
Enquanto vestia a calça, pensou se não era o caso de usar também uma camiseta. Depois decidiu que Mimì não merecia tais atenções.
Retornou à cozinha.
– Eu queria lhe dizer... – recomeçou Augello.
– Espere. Antes eu vou beber meu café, depois a gente conversa.
A xicrona fez o efeito minimamente suficiente.

Ele se sentou diante de Augello, acendeu um cigarro e afinal disse:

– Agora, pode falar.

Mimì começou a contar e de repente Montalbano, talvez por ainda se encontrar numa espécie de semivigília, teve a impressão de estar no cinema: as palavras de Augello foram imediatamente se tornando imagens.

*A noite estava avançada, a rua era bastante larga e o automóvel seguia silencioso, devagarinho, faróis apagados, quase tocando os veículos estacionados ao longo da calçada. Não parecia rodar, mas deslizar sobre manteiga.*

*De repente o carro reduziu, desviou-se para o lado esquerdo, deu uma guinada e estacionou num piscar de olhos.*

*Em seguida, abriu-se a porta do condutor e um homem saiu cautelosamente, fechando-a devagar.*

*Era Mimì Augello.*

*Levantou a gola do casaco até o nariz, encaixou a cabeça entre os ombros, deu uma rápida olhada ao redor e depois, com três saltos, atravessou a rua e viu-se na calçada da frente.*

*Mantendo a cabeça sempre afundada, avançou alguns passos, parou diante de um portão, estendeu um braço e, sem sequer olhar os nomes escritos sobre as teclas do interfone, tocou uma campainha.*

*A resposta veio imediatamente:*

*– É você?*

*– Sim.*

*Com um estalo, a fechadura destrancou. Mimì abriu o portão, passou, fechou depressa e começou a subir a escada, na ponta dos pés. Tinha preferido assim, em vez de tomar o elevador, que faria muito estardalhaço.*

*Chegando ao terceiro andar, viu uma réstia de luz que se filtrava de uma porta minimamente entreaberta. Dirigiu-se até lá, empurrou, entrou. A mulher, que evidentemente o aguardava logo atrás da soleira, puxou-o com o braço esquerdo, enquanto, com a mão direita, trancava a porta com quatro voltas de chave na fechadura superior, mais duas na inferior, e jogava o chaveiro sobre uma mesinha. Mimì fez menção de abraçar a mulher, a qual, porém, se afastou, pegou-o pela mão e disse baixinho:*
*– Vamos lá pra dentro.*
*Mimì obedeceu.*

*Já no quarto, a mulher o abraçou e grudou seus lábios nos dele. Mimì estreitou-a com força, retribuindo o beijo apaixonado.*
*E foi nesse exato momento que os dois se imobilizaram, fitando-se com olhos arregalados.*
*Tinham realmente ouvido o ruído da primeira virada de chave na fechadura?*
*Uma fração de segundo depois, já não tinham dúvidas.*
*Alguém estava abrindo.*
*Mimì, com um salto fulminante, precipitou-se para a porta-balcão, abriu-a, saiu para a sacada, e a mulher correu a fechar atrás dele.*
*Ouviu-a perguntar:*
*– Martino, é você?*
*E uma voz de homem, já dentro de casa, respondeu:*
*– Sim.*
*E ela:*
*– Mas como?*
*– Mandei outra pessoa me substituir, não estou me sentindo muito bem.*
*Mimì não quis escutar mais nada, não tinha tempo a perder: estava realmente preso numa armadilha. Não podia passar a*

*noite na sacada e precisava pensar num jeito de escapar daquela situação incômoda e perigosa.*

*Debruçou-se e olhou para baixo.*

*Havia uma sacada igualzinha àquela onde ele estava: no velho estilo, com parapeito de ferro.*

*Se pulasse o parapeito, poderia chegar lá segurando-se firmemente às barras e deixando-se descer devagarinho.*

*Aliás, essa era a única salvação.*

*Então, sem perder tempo, esticou-se todo, olhou à direita e à esquerda para ver se vinha algum carro e, como nada se movia, montou no corrimão, pousou um pé e depois o outro na borda externa da sacada, agachou-se e, mantendo-se suspenso com toda a força de que dispunha nos braços, conseguiu pisar no corrimão de baixo.*

*Arqueando a coluna e dando um salto atlético, aterrissou na vertical dentro da sacada do segundo andar.*

*Tinha conseguido!*

*Encostou-se à parede, ofegante, sentindo as roupas grudadas à pele pelo suor.*

*Assim que se viu pronto para outra acrobacia, debruçou-se novamente, a fim de examinar a situação.*

*Abaixo dele havia uma sacada igual às outras duas.*

*Calculou que, uma vez alcançado o primeiro andar, poderia se agarrar num cano grosso que corria paralelo ao portão e assim chegar até a rua.*

*Resolveu descansar um pouco, antes de iniciar a descida. Recuou um passo, e seus ombros tocaram as venezianas da sacada, que estavam meio abertas. Teve medo de que seus movimentos fossem percebidos por alguém que estivesse do lado de dentro. Girou devagarinho nos calcanhares e então se deu conta de que não somente as venezianas, mas também a vidraça, estavam abertas. Ficou parado um instante, pensando. Não seria melhor, em vez de se arriscar a quebrar o pescoço, tentar atravessar aquele apartamento sem fazer o menor ruído? Por outro lado, refletiu, ele era um tira e, se o surpreendessem, poderia encontrar alguma boa desculpa. Com extrema cautela, afastou um pouco as venezianas e a vidraça, meteu a cabeça no aposento completamente às escuras e, embora apurasse os ouvidos, contendo a respiração, só percebeu um silêncio absoluto. Enchendo-se de coragem, abriu ainda mais e enfiou lá dentro a cabeça e meio tronco. Ficou totalmente imóvel, à escuta, para ver se notava algum sussurro, alguma respiração. Nada. A fraca luz que vinha da rua lhe bastou para compreender que se encontrava em um quarto, mas certamente vazio.*

*Avançou outros dois passos, e neste ponto aconteceu o acidente: tropeçou numa cadeira, tentou segurá-la antes que ela batesse no chão, mas não deu tempo.*

*O barulho lhe pareceu um tiro de canhão.*

*Permaneceu imóvel, uma estátua de sal: agora alguém acenderia a luz, agora alguém começaria a gritar, agora talvez... mas, afinal, por que não acontecia nada?*

*O silêncio era mais profundo do que antes.*

*Será que, para sua enorme sorte, naquele momento não havia ninguém na casa?*

*Continuou imóvel, olhando ao redor, para confirmar.*

*Seus olhos estavam se habituando melhor ao escuro, e por isso ele teve a impressão de distinguir em cima da cama uma grande silhueta negra.*

*Visualizou melhor: era uma forma humana!*

*Seria possível que aquela pessoa tivesse o sono tão pesado a ponto de não acordar com o barulho da cadeira derrubada?*

*Aproximou-se. Tateou muito de leve e logo compreendeu que a cama não estava feita, havia somente um lençol cobrindo o colchão; continuou tateando em direção à forma escura, de*

*repente tocou num par de sapatos masculinos e, imediatamente depois, na barra de uma calça.*
*E por que o homem tinha se deitado completamente vestido? Avançou um passo ao lado da cama, estendeu o braço e começou a percorrer com a mão a silhueta do sujeito, passou-a sobre o paletó perfeitamente abotoado e foi então que se inclinou para a face, a fim de sentir a respiração.*
*Nada.*
*Então, enchendo-se de coragem, pousou decididamente a mão sobre a testa do homem.*
*Retirou-a de chofre.*
*Havia sentido o frio da morte.*

As imagens desapareceram.
De repente, as palavras de Mimì tinham se transformado no ruído de uma bobina de filme que gira em vão.
– E então, o que você fez?
– Fiquei imóvel um tempinho e depois, ainda no escuro, fui até a porta do apartamento, abri, saí, desci a escada...
– Encontrou alguém?
– Ninguém. Fui até meu carro, engrenei e vim pra cá.
Montalbano compreendeu que, apesar da xícrona de café que havia bebido, não conseguiria fazer a Mimì as perguntas necessárias.
– Dá licença um instantinho – disse, levantando-se e saindo.
Foi até o banheiro, abriu a torneira de água fria, meteu a cabeça embaixo. Ficou um minuto assim, sentindo o cérebro refrescar, depois se enxugou e voltou à cozinha.
– Desculpe, Mimì, mas, afinal, por que você veio aqui? – perguntou.
Mimì Augello fez uma cara embasbacada:

– O que você acha que eu devia fazer?

– Devia fazer o que não fez.

– Ou seja?

– Já que o apartamento, pelo que você me disse, estava desabitado, devia ter acendido a luz e não dado no pé, como fez.

– Mas por quê?

– Para ver outros detalhes. Por exemplo: você vem me dizer que em cima daquela cama havia um morto. Mas esse morto, segundo você, como morreu?

– Sei lá, só sei que fiquei tão apavorado que fugi.

– E fez mal. Pode até ser um morto natural.

– Explique melhor.

– Quem garante que esse coitado foi assassinado? Se você o descreve todo vestido e estirado em cima da cama, pode ser que esse homem tenha chegado em casa se sentindo muito mal, então só teve tempo de se deitar e morrer, sei lá, teve um ataque...

– Sim, mas isso muda as coisas em quê?

– Muda tudo. Porque, se você trombou com um cadáver de morte natural, é uma coisa, nós até podemos fingir não saber nada dessa história; mas se, ao contrário, esse homem foi vítima de um assassinato, as coisas mudam radicalmente, e temos o dever de intervir. Mimì, antes de responder, pense bem. Concentre-se e tente me dizer se teve a sensação, mesmo que mínima, de que aquele homem morreu assassinado ou morreu pelos problemas lá dele.

Mimì assumiu a posição adequada: testa franzida, cotovelos apoiados na mesa, cabeça entre as mãos.

– Apele para toda a sua experiência de tira – sugeriu Montalbano.

– Sinceramente – respondeu Augello, depois de alguns instantes –, uma coisa eu notei, mas só muito por alto. Pode ter sido só impressão, não sei...

– Tente me dizer, mesmo assim – encorajou-o o comissário.
– Posso estar enganado, mas parece que senti, quando me aproximei do homem para tocar a testa dele, um cheiro estranho, adocicado.
– Cheiro de sangue, talvez?
– Sei lá, como posso dizer...?
– Isso é muito pouco – retrucou Montalbano, levantando-se.

Mas imediatamente se imobilizou olhando para Augello, o qual ainda segurava a cabeça entre as mãos.

O comissário então se inclinou sobre a mesa, agarrou o braço direito de Mimì, torceu-o, olhou-o por um instante e o empurrou, fazendo-o bater na cara do agente.

Augello se assustou.
– O que deu em você?
– Olhe seu pulso direito.

Mimì obedeceu.

Na borda do punho da camisa havia um leve risco de cor vermelha. Certamente, sangue.

– Viu como eu tinha razão? – explodiu Augello. – E isto responde à sua pergunta: ele morreu assassinado.
– Antes de prosseguir, preciso de algumas informações – continuou Montalbano.
– Aqui estou.
– Para começar: era a primeira vez que você ia encontrar essa mulher na casa dela?
– Não – disse Augello.
– Quantas vezes, filhinho?
– Pelo menos seis. Quatro das quais boas.
– O que significa boas?
– Salvo, significa... – respondeu Augello, meio encabulado – ... boas, de maneira totalizante. Entendeu?

– Entendi. E as outras duas?

– Digamos... de maneira parcial e explorativa. Mas, desculpe, Salvo, o que essas suas perguntas têm a ver? São importantes?

– Não.

– Então por que você as faz?

– São uma alternativa. Não entendeu?

– Alternativa a quê?

– A esta hora da noite, tenho duas opções: partir para a gozação, como estava fazendo, ou quebrar sua cara. Portanto, responda ao que lhe pergunto e não me encha o saco.

– Tudo bem – resignou-se Augello.

– Tem certeza de que, nessas suas idas e vindas, ninguém o notou?

– Absoluta.

– Como se chama essa senhora?

– Genoveffa Barucca.

Montalbano caiu na risada.

Mimì se aborreceu.

– Mas de que você está rindo, cacete?

– Imaginei que, se Catarella estivesse aqui, ela certamente viraria Genoveffa Bruaca.

– Tudo bem – disse Mimì, levantando-se. – Boa noite pra você. Estou indo.

– Ora, deixe disso – reagiu Montalbano. – Não se chateie, sente-se e vamos continuar a conversa. O que essa Genoveffa faz?

– Para começar, saiba que ela prefere ser chamada de Geneviève.

Montalbano caiu de novo na risada.

Mimì olhou enviesado para ele e continuou:

– Em segundo lugar, Geneviève faz o que lhe cabe fazer: é dona de casa.

– Vê-se que, coitadinha, como fica de saco cheio durante o dia, ela acha um jeito de se divertir à noite.

O olhar de Mimì foi mais irritado ainda.

– Engana-se totalmente. Geneviève se ocupa de muitas coisas, entre as quais uma oficina de teatro para crianças.

– Tem filhos?

– Não.

– E o marido, o que faz?

– É médico no hospital de Montelusa, e toda quinta-feira à noite dá plantão.

– Portanto, vocês têm um dia por semana para uma sessão noturna.

Augello ergueu os olhos para o céu, implorando ajuda para não perder a paciência diante da contínua gozação de Montalbano.

Viu-se que a prece de Augello foi acolhida, porque, de fato, o comissário perguntou:

– Por acaso você sabe como se chamava o morto?

– Sim, olhei a identificação na campainha, no térreo. O sobrenome é Aurisicchio.

– Sabe mais alguma coisa sobre ele?

– Nada de nada.

Caiu um silêncio.

– O que foi? Ficou mudo? – inquietou-se Augello, um tempinho depois.

– O fato é que você me colocou diante de um problemão.

– Qual seria?

– Como podemos fazer para vir a saber oficialmente que, dentro daquele apartamento, há um sujeito assassinado?

– Acabo de ter uma ideia! – exclamou Mimì.

– Diga.

– E se por acaso esse homem tiver se suicidado?

– Seria uma possibilidade, mas não muda nada.

– Ah, não! Muda, sim. Porque, se o homem se matou, nós, enquanto policiais, podemos cagar e andar, até que alguém descubra o cadáver.

– Mimì, deixando de lado seu enorme senso humanitário, essa ideia genial complica as coisas. Em minha opinião, a única saída é dar um jeito para que nós venhamos a saber que naquele apartamento tem algo de estranho que precisamos ir conferir.

– E esse é o xis do problema.

– Seja como for – prosseguiu Montalbano –, meta uma coisa na cabeça: o primeiro a entrar naquele apartamento deve ser você, Mimì, e trate de tocar, com mãos nuas, o máximo de coisas que puder.

– Por quê?

– Meu amigo, além de empurrar as venezianas para entrar no quarto, de segurar a cadeira para evitar que ela caísse, de baixar o trinco da porta para sair, você faz ideia de quantas impressões digitais deixou naquela casa?

Augello ficou branco.

– Nossa Senhora! Se descobrirem essa história, meu casamento e minha carreira estão fodidos. O que podemos fazer?

– No momento, o jeito é você levantar a bunda daí e se mandar. Nos vemos hoje de manhã no comissariado, ali pelas oito horas. Tudo bem?

– Tudo bem – disse Mimì Augello, erguendo-se e dirigindo-se para a porta.

Montalbano não o acompanhou. Voltou ao quarto, olhou o relógio: eram quase quatro da madrugada. E agora? Não tinha vontade de se deitar novamente e tampouco de se vestir.

A essa altura, o café fizera seu efeito.

O jeito era ficar acordado e dar um passeio à beira-mar, às primeiras luzes do alvorecer. Por isso, para evitar algum ataque traiçoeiro de sono, foi preparar uma segunda xícrona.

## 2

Caminhou por mais de meia hora sobre a areia molhada.

Não tinha vestido nem camisa nem jaqueta, então o ventinho suave que havia subido, aquele das primeiras horas da manhã, provocou nele uns arrepios de frio.

Continuou por mais um pouco, mas depois, de repente, o vento mudou, ficou mais forte, e a areia enxuta começou a redemoinhar, a se grudar na sua pele. Era hora de retornar.

Assim que ele se voltou, uma folha de jornal que flutuava no ar veio se chocar contra seu rosto, cobrindo-o totalmente.

O comissário se livrou da folha e, instintivamente, olhou-a.

Era a primeira página do *Jornal da Ilha*, com data da véspera.

À fraca luz da manhã, leu a chamada principal: "Números alarmantes sobre o trabalho".

E o subtítulo dizia:

"A Sicília se confirma como a região de taxa de emprego mais baixa da Europa: abaixo de 40%".

Depois, à direita, outra chamada:
"O que acontecerá, se sairmos do Euro?".
No meio da página, mais um título anunciava:
"Novas medidas de segurança contra o terrorismo".
Já começando a fazer uma bola de papel com o pedaço de jornal, o comissário se deteve. No pé da página, uma última chamada dizia que, no símbolo do partido do Vaffaday*, não apareceria mais o blog com o nome do comediante fundador, somente o do próprio movimento.

"Não importa como você vote, não vai melhorar nada", pensou.

Eles continuariam a dizer NÃO a qualquer coisa, na esperança de, assim, chegar ao poder, para depois acabar como todos os outros.

Montalbano torceu para jamais ver esse dia.

Terminou de fazer a bola de papel e a jogou no mar. A leitura daquelas más notícias tinha lhe causado uma sensação de sujeira.

Quis se livrar imediatamente dessa sensação e, embora de vez em quando tremesse de frio, olhou ao redor: ao ver que não havia ninguém por perto, tirou a roupa e entrou na água. Por pouco não teve um troço, mas resistiu e, quando o mar lhe chegou ao peito, começou a nadar.

Às oito da manhã, assim que se viram cara a cara, Montalbano e Augello compreenderam que não tinha jeito.

---

* Vaffaday, ou V-Day, abreviaturas de Vaffanculo Day ("Vá tomar no..."), foi um movimento político desencadeado em 2007 pelo famoso comediante italiano Beppe Grillo com o objetivo de obter adesões a um projeto de lei sobre critérios de elegibilidade de candidatos a parlamentares. Pretendia dar continuidade à campanha Parlamento Pulito ("Parlamento limpo"), lançada por ele em 2005. (N.T.)

Sem sequer abrir a boca, dirigiram-se juntos à saletinha onde ficava o material para fazer café.

Beberam duas xícaras cada um e depois, sempre mudos e lado a lado como dois *carabinieri*, voltaram ao gabinete.

Sentaram-se um diante do outro e se fitaram longamente, em silêncio.

Por fim, Montalbano perguntou:

– Encontrou alguma solução para nos fazer descobrir o cadáver?

– Não, nenhuma.

– Mas não podemos deixá-lo ali até ele virar esqueleto. Vamos chamar Fazio e ver se ele tem alguma ideia.

– Um momento – pulou Augello. – Não acho conveniente que Fazio saiba do que me aconteceu esta noite. Envolve minha reputação.

– Mimì! Não me encha o saco! Sua reputação já está mais do que emporcalhada.

– Tudo bem – resignou-se Augello –, vamos chamá-lo.

Montalbano levantou o fone e disse a Catarella:

– Me mande Fazio aqui.

– Ele ainda não está *in loco*, dotor, mas eu queria lhe dizer que agora mesmo tilifonou uma mulher tremulante, a qual...

– Isso você me conta depois. Encontre Fazio imediatamente.

– Imediatissimamente, dotor, mas veja que essa mulher tremulante diz que...

– Eu mandei você procurar Fazio!

– Como queira vossenhoria.

Instantes depois, o telefone tocou.

– Diga, doutor, aqui é Fazio.

– Você está vindo pra cá?

– Não, doutor, estou de serviço, acompanhando a manifestação dos sindicatos contra o desemprego.

Montalbano entoou seu costumeiro rosário de palavrões.

– E quando fica livre?

– Daqui a umas duas horas, no mínimo, doutor.

O comissário admitiu: não podiam contar com Fazio. A pancada da porta contra a parede foi violentíssima. Então surgiu Catarella, erguendo bem alto os braços.

– Peço compressão e perdoança, dotor, mas é que ontem eu botei um pouquinho de óleo nas dobradiças, que estavam rangendo...

– Diga, Catarella.

– Dotor, eu queria dizer que já duas vezes tilifonou uma mulher empregada doméstica tremulante...

– Tremulante por quê, Catarè? Ela se chama assim?

– Não senhor, dotor, tremulante no sentido que eu me refiro na medida que ela tem uma voz que tremula toda.

– Tudo bem, prossiga.

– Essa mulher, chamada Giusippina, não entendi bem se de sobrenome Lo Voi ou Lo Vai, diz que foi fazer faxina na casa do contador seu patrão e encontrou ele morto estirado sem respirar em cima do colchão que estava realmente morto...

– Já chega – disse Montalbano –, pode informar a essa senhora que estamos indo. Obrigado, pode ir.

– Caralho, que sorte! – exclamou Augello, assim que Catarella saiu. – A solução veio sozinha: finalmente encontraram nosso cadáver. E agora?

– Agora eu e você, Mimì, entramos no carro e vamos ao local de suas proezas noturnas.

Quinze minutos depois, estacionaram à via Umberto Biancamano, 20.

Mimì desceu primeiro e abriu caminho a Montalbano. Diante do portão, pararam.

– Repito que você deve tocar em tudo quando estivermos dentro do apartamento e, de quebra, comece pelo interfone: chame aí.

Mimì apoiou com força o dedo sobre a tecla com a identificação Filippo Aurisicchio.

Nenhuma resposta.

Ele tentou de novo, apertando por mais tempo.

Nada.

– Mas a empregada devia estar em casa, nos esperando – comentou Augello. – Por que não atende?

– Talvez o interfone esteja pifado.

Bem nesse momento, o portão se abriu. Um quarentão se deteve na soleira:

– Querem entrar?

– Sim, obrigado – respondeu Montalbano.

O homem os deixou passar e depois saiu, enquanto o portão se fechava de volta automaticamente, com um forte estalo.

– Desta vez, convém subir pelo elevador – disse Montalbano.

Mimì, que a essa altura havia aprendido a lição, abriu a porta do elevador e ele mesmo pressionou o botão do segundo andar.

Já na porta do apartamento, a fim de deixar todas as impressões digitais possíveis e imagináveis, usou o polegar para chamar.

Também desta vez, não houve resposta.

– É possível que a empregada esteja às voltas com alguma tarefa e não nos escute.

Minutos depois, Mimì usou o dedo médio para apertar a campainha, mas a resposta foi apenas silêncio.

Os dois se convenceram de que, provavelmente, no apartamento só estava o cadáver.

– Talvez a empregada, com medo de ficar sozinha com o morto, esteja à nossa espera em algum outro lugar. Pergunte a Catarella – mandou o comissário.

Mimì pegou o celular:

– Catarè, afinal, onde a doméstica disse que está nos esperando?

– Onde ocorreu o micídio. Via Almarmaro, 38.

– Mas que merda você está dizendo, Catarè? O homicídio foi na via Biancamano.

– Bem, dessa mão branca eu não sei nada. A mulher disse, explicitamente e perfeitissimamente, via Almarmaro, 38.

– Mas em Vigàta não existe via Almarmaro.

– Peraí que eu vou ler melhor o papelzinho. Vou soletrar.

Finalmente, Mimì compreendeu que se tratava da via La Marmora. Montalbano o viu surgir à sua frente, branco de dar medo, e se assustou:

– O que foi? O que Catarella lhe disse?

– Merda, e agora? O que vamos fazer?

– Como assim, o que vamos fazer? Fale!

– Salvo, o morto de Catarella não é o nosso. Existem dois. Um aqui e outro na via La Marmora.

– Caralho! – exclamou o comissário. Desta vez, ele mesmo assumiu o volante.

No caminho, Mimì disse:

– Ou seja, temos de volta a pentelhação de como nos fazer descobrir o nosso morto.

– Mimì, seu empenho policial me comove! Temos dois assassinatos ao mesmo tempo, e você acha que seu único problema é tirar o seu da reta. Por enquanto, não se preocupe. Nosso morto, morto está, e dali não vai sair.

O portão da via La Marmora estava aberto. Dentro da guarita do porteiro aguardava-os uma sessentona mal ajambrada, a qual, assim que os viu aparecer, se levantou apressada e correu para eles.
– São da polícia, não?
– Sim – disse Montalbano.
– Nossenhora, que coisa pavorosa! Nossenhora, que coisa terrível! Eu quase tive um ataque! – começou a berrar a mulher.

Duas ou três pessoas que passavam pela rua se detiveram de repente, para olhar o que estava acontecendo.

Mimì Augello teve a presença de espírito de segurá-la por um braço e puxá-la até o pé da escada, fora do olhar dos curiosos. Mas as lamúrias da mulher eram irrefreáveis.

Montalbano respirou fundo e depois, colocando a boca quase dentro do ouvido esquerdo da mulher, urrou:
– Qual é o andaaaar???

O berro fez efeito. A mulher se acalmou o suficiente para dizer:
– Segundo. Mas o elevador não funciona.
– Como a senhora se chama? – perguntou Augello, enquanto começavam a vencer os degraus.
– Giusippina Voloi.

Durante a subida, a mulher não parou de choramingar e fazer estardalhaço.
– Nossenhora, por quê? Por que essas coisas terríveis têm sempre que me acontecer? Por que Nossenhorzinho me faz passar por essas provações? Outro dia mesmo foi meu cunhado que

escorregou e levou um tombo, na semana passada minha irmã quebrou um braço, e agora o contador Catalanotti me prega esta peça de ser assassinado e depois encontrado por mim...

Montalbano se aproximou novamente do ouvido dela e berrou:

– Abraaaa!!!

A mulher o encarou e balançou a cabeça:

– Viu como tudo acontece comigo? Esqueci a chave dentro. E agora, o que fazer? Pobre de mim!

Montalbano soltou uns palavrões.

E a mulher se calou.

– Mimì, veja se consegue encontrar o porteiro, talvez ele tenha outra chave.

– Claro que tem! Com certeza vossenhoria encontra Bruno no bar ao lado do portão.

Mimì saiu às pressas. Montalbano se sentou num degrau e acenou à mulher para que se instalasse ao seu lado.

De acordo com o manual do tira competente, este seria o momento adequado para fazer um monte de perguntas à empregada. Mas ele perdeu a vontade, porque estava certo de que não aguentaria a voz lamentosa, aguda e tremulante de Giusippina.

Portanto se manteve mudo, em silêncio total, fumando um cigarro. Depois, como a mulher continuava a se lamuriar, mesmo sem dizer palavras coerentes, ele se levantou num salto, subiu um lance de escada e foi se sentar no mesmo degrau, mas um andar acima.

Tinha dado apenas três tragadas quando Mimì reapareceu triunfante, exibindo a chave. E assim, quando Deus quis, puderam entrar no apartamento.

– Aqui, aqui, venham aqui – disse Giusippina –, ele está no quarto.

Bastou a Mimì Augello dar uma simples olhada para ser obrigado a se apoiar na parede, de tanta surpresa. Embora, na noite anterior, tivesse apenas vislumbrado o cadáver no outro apartamento, sua impressão foi a de que, ali diante de seus olhos, jazia uma cópia perfeita.

O morto estava impecavelmente vestido, paletó e gravata, sapatos luzidios e um lencinho no bolso.

Se não fosse pelo cabo de um abridor de envelope em forma de punhal que brotava à altura de seu coração, poderia se tratar simplesmente de um senhor bem-vestido que descansava um momento sobre a cama, depois de ter comparecido a um casamento ou a um batizado.

Enquanto Montalbano se inclinava para olhar a face do cadáver, Mimì se aproximou dele e murmurou:

– É igualzinho ao nosso morto, sem tirar nem pôr.

O falecido era um cinquentão bem barbeado e tinha os olhos fechados como se dormisse. A face era bela e serena, ele parecia estar tendo um sonho maravilhoso.

Montalbano notou de imediato que havia muito pouco sangue sujando a camisa e o paletó do cadáver, coisa que lhe pareceu bastante estranha.

Virou-se para Augello:

– Mimì, chame Fazio. Diga pra ele cagar pra essa tal manifestação de merda e vir pra cá. Logo em seguida, convoque o circo itinerante.

Enquanto Mimì saía, Montalbano notou que Giusippina já não estava no quarto. Mas ouviu à distância as lamúrias dela. Acompanhando a voz, chegou a um banheiro.

Foi imediatamente envolvido por uma nuvem de um aroma tão adocicado e penetrante que ele começou a espirrar. Giusippina não somente havia se embebido em perfume como também, diante do espelho, entre um lamento e outro, estava agora terminando de se embonecar.

Ao vê-lo entrar, ela se desculpou:

– Pois é, caro comissário, já que daqui a pouco vão chegar os jornalistas, a televisão... a pessoa tem que se apresentar como Deus manda. Imagine que um dia destes minha prima topou no jornal com uma fotografia dela, porque houve um acidente de automóvel com dois mortos, a coitadinha ia passando e foi retratada parecendo uma doméstica!

– Entendo – disse o comissário. – Preciso lhe fazer umas perguntas, onde podemos ficar?

– Na sala, venha comigo.

– Antes de mais nada – começou Montalbano, sentando-se no sofá –, preciso saber o nome, o sobrenome, a idade e a profissão do morto.

Ao ouvir a palavra "morto", Giusippina recomeçou sua aborrecida ladainha, que Montalbano interrompeu de imediato, até porque, dentro da sala, havia se espalhado um aroma insuportável, e ele não conseguia respirar.

– Já chega! – bradou.

A mulher se calou no ato e depois disse, num só fôlego:

– Carmelo Catalanotti, vigatense, uns cinquenta anos, ocupação...

Aqui, a mulher emudeceu.

– Ocupação...? – repetiu Montalbano.

– Este é o problema, prezado comissário. Aparentemente, a impressão era que ele não fazia nada, saía de casa ali pelas dez e ia se sentar no café Bonifacio. Ficava lá até meio-dia e meia, depois voltava pra casa, comia o que eu havia cozinhado e elogiava bastante, ia se deitar por umas duas horas, depois se levantava, e aí não sei dizer mais nada. De vez em quando acontece dele viajar por uns dias.

– Sabe aonde ia?

– Não senhor, não sei, e também não sou uma pessoa mexeriqueira.

– Mas, afinal – disse Montalbano, meio aturdido –, de que jeito ele ganhava a vida?

– Sei que ele tinha umas propriedades, e talvez – arriscou a mulher –, talvez fizesse algum comércio...

– Explique-se melhor.

– Bem... não sei dizer. Quando ele estava no café, sempre no mesmo lugar, de vez em quando alguém se aproximava, se sentava, falava com ele e um tempinho depois saía. Em seguida chegava outro, conversavam sem parar, e em seguida esse outro também ia embora.

– Mas como a senhora sabe, se estava no serviço? Como fazia, seguia seu patrão até o café?

– Não senhor, comissário, isso daí quem me contou foi minha prima Amalia, que é dona da padaria em frente ao café Bonifacio.

– Era casado?

– Não, senhor. Pai e mãe mortos, e não tinha nem irmão nem irmã.

– Noivo?

– Também não.

– Mas recebia alguém?

– Disso tenho certeza. Eu nunca encontrei nenhuma dessas putinhas, mas de manhã percebia pela quantidade maior de toalhas molhadas, uma vez esqueceram um batom, outra vez uma calcinha...

– Tudo bem, tudo bem – cortou Montalbano. – E de temperamento, como ele era?

– Um doce de pessoa. Mas certas vezes, quando se enfurecia, prezado comissário, parecia um demônio, dava até medo.

A essa altura, Mimì Augello reapareceu.

– Avisei a todo mundo. Fazio está chegando. E você, já terminou com esta senhora?

– Já – respondeu Montalbano.

– Então, enquanto esperamos o circo, por que não vamos tomar um café?

– Boa ideia – disse o comissário. Depois, dirigiu-se a Giusippina:

– Mas a senhora não se afaste daqui.

– E quem vai sair? Eu tenho que velar o falecido – retrucou ela, ajeitando o cabelo diante de um espelho.

Os dois começaram a descer a escada, mas, no início do último lance, escutaram um vozerio.

– O que houve? – estranhou o comissário.

– Espere aqui, eu vou ver – respondeu Augello.

Voltou quase de imediato.

– O vestíbulo está lotado de pessoas. Vê-se que o porteiro deu com a língua nos dentes. Melhor não aparecermos.

Bateram novamente, Giusippina veio abrir:

– Ih! Por que voltaram pra cá?

Montalbano não respondeu à pergunta e disse:

– Giusippì, poderia nos fazer dois cafés?

– Mas é claro! Imagine! Eu faço um café muito bom! Fiquem à vontade!

Sentaram-se na sala. Augello se inclinou para o comissário e, com ar conspiratório, perguntou baixinho:

– E agora?

– E agora, o quê? Esperamos o café e o circo itinerante.

– Não! – retrucou Augello. – Estou me referindo ao nosso morto.

– Arre, que saco! Aliás, nosso, como assim? O morto foi você quem descobriu, fique com ele. É todo seu!

– Belo amigo você é!

Giusippina entrou com os cafés. Deixou-os sobre uma mesinha e saiu de novo.

Montalbano tomou o primeiro gole e literalmente cuspiu-o sobre o tapete:

– Não passa de mijo quente! – exclamou.

Já Mimì começou a beber o dele com tranquilidade. Depois estalou a língua e comentou:

– Pois eu achei bom.

Antes que Montalbano tivesse tempo de replicar, ouviram bater à porta.

– Abram! Polícia!

Mimì se levantou e foi abrir, precedendo Giusippina. Montalbano também tinha se levantado, e ao seu encontro veio uma mulher que ele não conhecia.

Era uma trintona alta, magra, cabelos cacheadíssimos e de corte curtinho. Os olhos pareciam duas longas fissuras que partiam de um nariz perfeito. Assim que a viu, o comissário sentiu uma espécie de aperto na boca do estômago.

– Você é Montalbano, não? – disse ela, estendendo-lhe a mão. – Eu sou Antonia Nicoletti, responsável pela perícia.

– Desde quando? – perguntou o comissário, sentindo-se meio encabulado.

– Há uma semana.

Enquanto isso, Mimì, que havia acompanhado até o quarto os colegas recém-chegados, voltara às pressas para se apresentar a Antonia:

– Ainda não tive o prazer de conhecê-la. Meus respeitos, eu sou o vice-comissário Domenico Augello.

E, enquanto pronunciava essas palavras, segurou e beijou galantemente a mão da moça. Depois, pousando o braço sobre os ombros dela, perguntou:

– Posso ter a honra de acompanhá-la até lá?

Antonia não se moveu.

Fitou Montalbano com as duas fissuras verdes e perguntou:

– E você? Não vem?

– Não. Prefiro esperar aqui. Eu iria atrapalhar vocês.

Só então a moça afastou de seus ombros o braço de Mimì e disse:

– Vamos.

Tocaram novamente a campainha, e desta vez coube a Montalbano ir abrir. Diante dele estava o dr. Pasquano.

– Chegou tarde demais.

– Por quê?

– Porque os caras da perícia já estão trabalhando, portanto tem que esperar. Se quiser, fique na sala comigo. Posso mandar lhe trazer um ótimo café.

– Por que não? – concordou Pasquano.

Montalbano o acompanhou até a sala e depois foi falar com Giusippina na cozinha. Quando voltou, viu o doutor sentado numa cadeira, remexendo em algo.

Pasquano segurava uma maleta. Pousou-a sobre as pernas, abriu-a, procurou afanosamente no meio de bisturis, tesouras, gazes e medicamentos variados e acabou tirando dali um saquinho de papel impermeável do qual extraiu um *cannolo* todo esborrachado. Não desanimou e, trabalhando com um dedo, devolveu ao doce a forma original.

Em seguida levou o dedo à boca e o lambeu:

– Acredita que não tive tempo de tomar o café da manhã?

– Não – disse Montalbano.

# 3

O doutor não replicou: terminou de comer o *cannolo* e depois, encarando Montalbano, perguntou:

— Por que ainda não me antecipou nada sobre esse morto?

— Porque me sinto um tantinho confuso — admitiu o comissário. — Tem alguma coisa que não me convence.

— Explique-se melhor.

— Prefiro que, antes, o senhor dê uma olhada nele.

— Como o mataram? — quis saber Pasquano.

— Um golpe no coração, com um abridor de envelope em forma de punhal. Pelo menos, é o que parece. Da arma do crime só aparece o cabo.

— O que isso significa?

— Significa que a cena é tão precisa quanto numa história de horror em quadrinhos. Esse morto se encontra deitado, impecavelmente vestido, paletó e gravata, até mesmo sapatos. Só se percebe que é um morto porque ele tem uma lâmina enfiada no coração, do contrário, pareceria estar dormindo. Tenho a impressão, como direi, de algo falso, teatral.

Antonia apareceu à porta:

— Ah, dr. Pasquano, já está aqui? Se quiser, pode começar a trabalhar.

Pasquano limpou a boca na manga do paletó, pegou a maletinha e se afastou.

Antonia se sentou no mesmo lugar onde estivera o legista.

— Nada de café para mim?

Montalbano saltou de pé, foi à cozinha, pediu a Giusippina mais um café e voltou correndo. Ao se sentar, puxou a cadeira para mais perto de Antonia.

— Por que você não está lá dentro com seus homens?

— Eles sabem muito bem o que devem fazer. Assim que terminarem de fotografar e de olhar ao redor, levantamos acampamento.

A moça fez uma pausa e disse:

— Acho que esta história vai lhe dar um trabalhão.

— O que quer dizer?

— Tem alguma coisa que não me convence.

"A mim, também não", pensou Montalbano. Mas se limitou a perguntar:

— Como assim?

— Tenho uma sensação de falsidade, de encenação.

Giusippina, sempre precedida por seu perfume adocicado, pousou o café diante de Antonia, que começou a bebê-lo.

— Onde você estava, antes de vir para a Sicília? — perguntou o comissário.

— Na Calábria.

— E a transferência para Vigàta foi uma promoção ou uma punição?

— Um estacionamento temporário.

— Não entendi.

— Eu não estava mais me entendendo com meus colegas, então me acharam uma solução provisória. Dentro em pouco deverei ir para Ancona. Mas é uma longa história...

– Quer me contar durante o jantar? – soltou Montalbano, sem acreditar no que ele mesmo havia dito.

– Lamento, não saio para jantar com desconhecidos.

– Mas eu não sou um desconhecido, sou um colega! – insistiu Montalbano.

– Então, lamento de novo, mas não saio para jantar com colegas.

Montalbano não soube mais o que dizer.

Foi nesse preciso momento que Pasquano voltou.

– Assim, à primeira vista, tenho a impressão de estar dentro de um filme americano. Aparentemente esse homem foi morto por aquela punhalada, mas muitas vezes as aparências enganam.

– Seja como for, quando acha que ele foi morto?

Pasquano abriu a boca para responder, mas logo a fechou. Balançou negativamente a cabeça:

– Não posso dizer nada antes da autópsia.

Cumprimentou Antonia com um aceno de cabeça e já ia saindo quando, diante da porta, apareceu Augello. O doutor o afastou com uma ombrada e continuou seu caminho, sem sequer cumprimentá-lo.

Augello olhou enviesado para ele, mas em seguida mudou de expressão, ao ver a moça. Exibiu nos lábios seu melhor sorriso e informou:

– Antonia, seus homens já terminaram e pedem sua presença.

A moça se levantou e se dirigiu para o quarto.

Mimì não tirou os olhos de cima dela. Depois se aproximou de Montalbano e, sem um comentário sequer, deu-lhe dois tapinhas nas costas:

– Tomara que aconteça em Vigàta uma epidemia de assassinatos, porque assim poderemos ver essa Antonia com mais frequência – comentou, sorridente.

Ao ouvir tais palavras, Montalbano se ressentiu:

– Não é necessária uma epidemia, Mimì. Para rever a moça, basta que seu morto seja encontrado.

Imediatamente Augello perdeu a pose e despencou, murcho, numa cadeira.

Montalbano se levantou.

– Vou voltar para o comissariado. Você continua aqui até a chegada do promotor, quando ele resolver vir, e transmita minhas saudações a Antonia.

Saiu do apartamento. Estava no patamar, esperando o elevador, que havia voltado a funcionar, quando a porta se abriu e Fazio apareceu à sua frente.

– Entre no apartamento e vá dar uma olhada no morto, você também.

– O senhor espera por mim?

– Não.

Pegou o elevador e desceu.

Viu-se diante de umas quarenta pessoas, entre jornalistas, curiosos, fotógrafos, cinegrafistas, todos fazendo um enorme estardalhaço:

– O que aconteceu?

– Como ele foi morto?

– Encontraram algum indício?

Montalbano agitou os braços no ar, em seguida usou-os para abrir caminho e por fim se afastou sem responder a nenhuma pergunta.

Era quase meio-dia quando ele se sentou em sua sala.

Era quase meio-dia e meia quando Fazio se apresentou.

– Que impressão você teve?

– O que posso dizer, doutor? O sujeito foi morto com uma punhalada, mas uma punhalada estranha, porque o paletó e a camisa não estão muito sujos. E a perícia não encontrou vestígios de sangue nos outros aposentos. É possível que tenham assassinado esse homem em outro lugar, depois o trouxeram pra casa dele e o deixaram todo bonito e arrumado em cima da cama. Então eu me pergunto: o que vem a significar tudo isso?

– Também não sei o que dizer. Vamos esperar os resultados da autópsia e depois nos falamos de novo. Agora, me conte sobre a tal manifestação.

Antes de responder, Fazio torceu a boca e abriu os braços.

– Mais uma vez, doutor, o que posso lhe dizer? Saiba que na manifestação não havia somente operários das fábricas que estão fechando, mas também pessoas em geral, e essa é a verdadeira tragédia. Lá estavam os jovens que não têm esperança de conseguir trabalho. Também reconheci, por exemplo, alguns antigos colegas de escola e outros amigos meus, casados, pais de família, funcionários demitidos, gente com formação superior que perdeu o emprego e não tem nenhuma possibilidade de recuperá-lo. Se as coisas continuarem assim, o jeito é voltar a emigrar.

– Tem razão, Fazio. E talvez esse seja o menor problema, porque se der na telha dessas pessoas a ideia de desafogar toda a raiva que sentem, esta história pode realmente acabar em confusão. Se não tiver condições de dar comida aos filhos, qualquer um é capaz de qualquer coisa.

Montalbano se interrompeu, porque lhe ocorreu uma ideia.

– Você tem alguma coisa a fazer aqui?

– Não, senhor.

– Então, venha comigo.

Ao saírem, o comissário recomendou a Catarella:

– Quando Augello aparecer, diga que a gente se vê de novo à tarde.

No estacionamento, ele abriu a porta do carro e disse a Fazio:

— Entre aí.

— Aonde o senhor vai me levar?

— Daqui a pouco você vai ver.

Uns vinte minutos depois, Montalbano estacionou na via Biancamano, número 20.

— Vamos descer.

Fazio obedeceu.

O comissário o segurou pelo braço e lhe apontou o prédio diante do qual estavam.

— Está vendo aquela sacada no segundo andar?

— Sim.

— Corresponde a um quarto, dentro do qual está um sujeito assassinado, vestido nos trinques, até mesmo com sapatos. Em suma, praticamente igual, cuspido e escarrado, ao morto que você viu na via La Marmora.

Enquanto ele continuava falando, a cara de Fazio ia mudando, boca aberta, olhos arregalados.

— Está brincando ou falando sério, doutor?

— Não estou brincando.

— Mas como vossenhoria sabe disso?

— Graças a Augello, aquele tremendo babaca mulherengo. Venha comer comigo e eu lhe conto a história toda.

Assim que entraram na trattoria, Montalbano perguntou a Enzo:

— A salinha reservada está livre?

— Sim.

— Não tem ninguém?

— Ninguém.

— Então me atenda lá.

– Como vossenhoria quiser.

Entraram, sentaram-se.

– Me faça um favor, Enzù – pediu o comissário, sem consultar Fazio –, me traga dois espaguetes com sardinha e, enquanto esperamos, um *purpo alla strascinasali*,* que estou morrendo de fome.

Enzo saiu e Montalbano começou a contar todos os fatos da noite anterior.

No final, Fazio bebeu de um só trago um copo inteiro de vinho.

– Agora me sinto melhor – disse. – Acho que o mais importante a fazer é procurar saber o máximo possível sobre o morto do doutor Augello. Vossenhoria sabe como ele se chama?

– Espere, acho que me lembro... Sim, o sobrenome é Aurisicchio.

– Tudo bem – respondeu Fazio. – Vamos terminar de comer e depois eu começo a pesquisar.

Assim que Montalbano botou os pés em sua sala, Mimì Augello entrou.

– Aquele merda do promotor nos fez esperar uma hora inteirinha, e só então eles puderam levar o cadáver.

Jogou uma penca de chaves sobre a escrivaninha do comissário. Montalbano guardou-as no bolso:

– E o que você sabe me dizer sobre as conclusões da perícia? Ou ficou simplesmente hipnotizado pela bunda de Antonia?

– Vejo que também o virtuoso comissário Montalbano não ficou indiferente ao traseiro nota dez com louvor da

---

* Polvo "puxado no sal", cozido em água do mar e depois temperado com azeite e limão. (N.T.)

moça. Aliás, por falar em mulheres, queria lhe dizer que esta noite eu volto lá.

– Onde?

– Geneviève me telefonou.

– E quem é essa?

– Ora, a minha amiga do terceiro andar. Disse que o marido está melhor, vai dar plantão extraordinário esta noite, e por isso poderemos repetir.

Montalbano o encarou, com sincera admiração.

– Que estômago você tem, Mimì! Depois de tudo o que lhe aconteceu... com o morto lá embaixo...

– Salvo, foda adiada é foda perdida – declarou Augello. E prosseguiu: – Seja como for, por enquanto a perícia não tem elementos. Eles esperam encontrar alguma impressão digital no abridor de envelope, mas há poucas probabilidades. Em minha opinião, considerando o pouco sangue, aquele homem foi morto em outro lugar. Então, me pergunto: como, caralho, conseguiram transportar o cadáver até a casa onde o sujeito morava? De algum modo o tiraram do carro e o arrastaram até o portão, colocaram no elevador, introduziram no apartamento. Bom, você não acha que correram um risco enorme?

– E qual é sua conclusão? – interpelou-o Montalbano.

– Minha conclusão é que existe uma grande probabilidade de ele ter sido morto em outro apartamento do mesmo prédio. Nesse caso, o risco que eles correram teria sido mínimo.

Montalbano ficou olhando para ele, à espera.

– Portanto – prosseguiu Augello –, acho que devemos passar na peneira todo mundo que mora naquele prédio da via La Marmora, inclusive o porteiro.

– Certo – disse o comissário. – Você começa.

– E você? Não vem? – perguntou Augello, surpreso.

Montalbano pensou que, por enquanto, talvez fosse melhor não mencionar o que Fazio estava fazendo.

– Não. Tenho que esperar um telefonema importante do chefe de polícia. Daqui a algumas horas, vou dar uma mãozinha a você.

Augello saiu, e Montalbano pegou o primeiro papel para assinar.

Foi com grande surpresa que, uma hora depois, viu Fazio aparecer, com cara de quem traz novidades.

– O que você encontrou?

Fazio se sentou.

– Posso dizer, com extrema segurança, que o morto do doutor Augello não é o senhor Filippo Aurisicchio.

Desta vez foi Montalbano quem abriu a boca e arregalou os olhos:

– Como é que você sabe?

– Porque falei pessoalmente com ele, ao telefone. Eu tinha resolvido voltar à via Biancamano e, por sorte, encontrei um conhecido meu, que me perguntou o que eu estava fazendo por ali, e respondi que precisava fazer uma comunicação ao sr. Aurisicchio. Ele me encarou, espantado, e informou: mas desde o verão Aurisicchio se mudou de Vigàta, o apartamento dele está vazio, à espera de ser alugado. E me deu o número do telefone de Aurisicchio, acrescentando que ele está residindo em Ravenna. Então, liguei imediatamente e me apresentei como alguém interessado no apartamento.

– E o que ele lhe disse?

– Contou que se mudou definitivamente, por razões de trabalho, e que havia deixado o apartamento sob a responsabilidade de uma agência.

– E você sabe qual é o nome dessa agência?

– Mas é claro! Chama-se Casamica.

– Então, ligue para lá.

– Já providenciado.

Montalbano, para não se enfurecer, decidiu não ter escutado as palavras de Fazio.

– E o que lhe disseram?

– Me mandaram telefonar daqui a quatro dias, quando estará de volta o chefe, com quem estão as chaves.

– Mas que agência de merda é essa?

– Ao que parece, Aurisicchio é muito zeloso com esse apartamento. Por isso deixou as chaves com o chefe da agência, que se encontra em Stromboli, sob a garantia de que somente ele pode abrir e fechar o local.

– Não, não podemos esperar mais. Temos que encontrar uma solução, de qualquer maneira.

– Talvez um telefonema anônimo...

– Não, Fazio, isso está fora de cogitação.

– Por quê?

– Vou explicar. Raciocine: se formos informados sobre o cadáver por um telefonema anônimo, forçosamente deveremos investigar e descobrir quem deu esse telefonema. E o que diremos ao promotor?

– Então podemos escrever uma carta para nós.

– É o mesmo caso do telefonema.

– Então, precisamos nós mesmos descobri-lo?

– Sim, mas como faremos para entrar, com qual desculpa?

Fazio não soube o que responder.

Uma ideia repentina ocorreu a Montalbano.

Fazio, que conhecia muito bem o comissário, ao ver a mudança em sua expressão facial, compreendeu que ele tinha em mente a solução.

– Pode me dizer?

– No momento, não dá. Antes, preciso conversar com Augello. Ou melhor, sabe de uma coisa? Venha comigo, vamos ao encontro dele.

– E onde ele está?

— Está interrogando os moradores do prédio na via La Marmora.

O telefonema o pegou quando ele já estava se levantando.
— Dotor, aconteceria que está na linha uma pessoa que se qualificou como chefe da perícia. Mas, pela voz, eu percebi que não é chefe, e sim chefa.
— Pode transferir.
— Olá, Salvo, queria lhe comunicar um primeiro resultado, que, infelizmente, talvez venha a ser o último. No cabo do abridor de envelope não há impressões digitais. Ou o assassino as eliminou ou estava de luvas.
— Obrigado, Antonia, por ter me avisado logo.
— Eu que agradeço. Até logo.
Bip... bip... bip..., fez o telefone.
E Montalbano ficou um tantinho chateado.

Tendo chegado à via La Marmora, o comissário perguntou ao porteiro:
— Sabe dizer em qual apartamento se encontra o meu colega?
— Sim, doutor. Ele terminou a cobertura, o quarto e o terceiro andares. Agora está falando com a sra. Musumarra, no segundo.
— Vá substituí-lo – ordenou Montalbano a Fazio. – Continue os interrogatórios e diga a Augello que desça, porque preciso falar com ele.
Nem teve tempo de acender um cigarro do lado de fora do portão, e Mimì já veio ao seu encontro.
— Nossa Senhora, Nossa Senhora! Mas que lugar é este?! À exceção da cobertura, onde encontrei uma quarentona graciosa, a média de idade dos moradores deste prédio gira em torno dos cem anos...

– Esqueça. Conseguiu saber alguma coisa?
– Não. Parece que aqui ninguém nunca viu esse vizinho. Três horas perdidas. O que você queria me dizer?
– Vamos tomar um café.

Sentaram-se a uma mesinha afastada.
– Tive uma ideia – começou logo o comissário – sobre como descobrir oficialmente o seu morto.
– Qual seria?
– Seria que hoje você deve repetir o percurso daquela noite.
– Devo ir até o andar de baixo?
– Exatamente. Diga à mulher que, na fuga, perdeu a carteira, certamente no segundo andar, e que precisa recuperá-la.
– Mas, assim, vai ser outra foda perdida! – exclamou Augello, desolado.
– Não, Mimì. Você pode puxar o assunto da carteira depois que fizer suas coisinhas.
– Um momento, desculpe – disse Mimì Augello. – Desse jeito, quando eu descobrir o cadáver, automaticamente Geneviève terá problemas, porque preciso justificar minha presença na casa dela.
– Também pensei nisso – retrucou Montalbano. – A versão oficial que nós daremos é que você foi chamado por essa senhora porque ela achou que algum ladrão havia entrado pela porta balcão do apartamento, então ligou para o comissariado, você foi lá e, ao vistoriar a sacada, sua carteira caiu no andar de baixo. Fui claro?
– Tudo bem – resignou-se Augello. – Vou tentar.
De volta ao prédio, Mimì disse que ia ajudar Fazio.
– E você? Não vem?
– Não – respondeu Montalbano.

Depois que Mimì subiu, Montalbano entrou na guarita do porteiro e, como havia uma cadeira livre, pegou-a e se sentou, mudo, ao lado do homem.

Este riu.

– O que é isso? Quer tomar meu emprego?

– Não, só quero trocar umas palavrinhas.

– O senhor é quem manda.

Era um sessentão rubicundo, de cara alegre e bigode em estilo tártaro.

– Como se chama?

– Bruno Ammazzalorso.

– Não é um nome destas nossas bandas.

– De fato. Meu pai veio do Abruzzo quando eu era bem pequenininho.

"Ammazzalorso Bruno d'Abruzzo...!", sorriu internamente Montalbano, e pensou que, se aquele homem telefonasse ao comissariado, Catarella transferiria a ligação dizendo: tem um senhor que *ammazò un orso bruno in Abruzzo*, matou um urso pardo no Abruzzo, ou então *un orso ammazzò un signori bruno in Abruzzo*. Depois perguntou:

– Desde quando é porteiro neste prédio?

– Dez anos.

– E Catalanotti já morava aqui?

– Sim, comissário.

– Me fale dele.

– Veja bem, doutor, esse senhor é uma pessoa estranha. Não sei nada sobre ele. Nunca se casou. Era solteiro quando eu cheguei, e continuou solteiro.

– Mas tinha uma amante?

– Isso eu não sei lhe informar. À casa dele subiam mulheres e homens. É possível que alguma ficasse durante a noite...

– Mas tinha parentes?

— Não que eu saiba.
— Tudo bem, prossiga.
Ammazzalorso olhou ao redor e baixou a voz, inclinando-se para o comissário.
— Se quiser que eu lhe diga a verdade verdadeira, pra mim ele era um tanto duvidoso.
— Como assim?
— O sr. Catalanotti não era nem funcionário de algum lugar nem exercia nenhum outro trabalho estável. Mas dinheiro nunca lhe faltava. Pelo contrário, tinha os bolsos cheios. De manhã, sempre bem-vestido, ia ao café aqui ao lado e depois, como direi, recebia.
— Tente explicar melhor — pediu o comissário.
— De vez em quando apareciam mulheres e homens que iam falar com ele. Mas dava pra perceber que não eram seus amigos. O que lhe diziam? O que contavam? Bah! Precisamente à uma da tarde, ele se levantava do café e vinha almoçar. Dava um cochilo, foi o que Giusippina me disse, e depois não sei. Às vezes saía e voltava às oito em ponto, ou então ficava em casa. Sei que à noite ele também tinha assuntos a resolver.
— E aonde ia? O senhor sabe?
— Não faço a mais pálida ideia.
— Mas havia dias em que ele ficava no apartamento?
— Era raro, doutor, mas acontecia. Nessas ocasiões, recebia as pessoas em casa.
Montalbano assumiu o mesmo ar conspiratório do porteiro e disse:
— Falando de homem pra homem, cara a cara: sem dúvida o senhor deve ter uma ideia do que Catalanotti fazia.
— Certamente.

# 4

— Pode me dizer o que era? – pediu o comissário, olhando-o com um sorrisinho cúmplice.

Ammazzalorso se empertigou, apoiando as costas no espaldar da cadeira, e assumiu um ar digno.

— Doutor, não é meu costume criar problemas para ninguém.

— Que outro problema pode acontecer ao pobre Catalanotti, além desse de ter sido assassinado?

— Lá isto é verdade. Então, vou lhe dizer: eu acho, mas é somente uma opinião pessoal, que ele traficava com drogas.

— E por que acha isso? – perguntou Montalbano.

— Não sei. Assim, do nada...

— Mas, afinal, sabe informar qual era a idade dessas pessoas que vinham vê-lo?

— Poucos jovens. A maioria tinha de quarenta pra cima.

Montalbano teve a impressão de que essa história da droga não tinha pé nem cabeça. Era somente uma ideia maluca do porteiro.

Levantou-se, apertou a mão do Matador de Urso Pardo e se dirigiu à escada.

Dois andares a pé, isso ele podia se permitir.

Mal chegou ao patamar do segundo andar, Mimì e Fazio saíram do apartamento em frente ao de Catalanotti.

– Novidades? – perguntou.

A resposta veio de Augello.

– O que foi que eu lhe disse? Parece um condomínio típico de Estocolmo.

– Haveria outra hipótese – sugeriu o comissário. – De que todos sabem de tudo, mas ninguém quer falar do assunto conosco.

– Nesse caso, as coisas mudam, e teremos que lidar com um condomínio tipicamente siciliano – concluiu Fazio.

– Estamos descendo ao primeiro andar – informou Augello.

– Boa sorte – respondeu Montalbano. Em seguida removeu o lacre da porta, tirou do bolso as chaves e abriu a casa do morto.

O apartamento de Catalanotti se compunha de uma entrada bastante espaçosa da qual partia, à direita, um corredor, com a parede esquerda totalmente coberta por um armário de madeira branca, que levava ao quarto de dormir e ao banheiro anexo. Sempre a partir da entrada, havia mais três portas: uma dava na cozinha, depois da qual havia um segundo banheiro, outra na sala de jantar, que também servia como sala de estar, e a última se abria para um escritório pequenino, mas com um sofá que ocupava uma parede inteira.

Aqui, Montalbano se deteve.

Nas paredes havia estantes cheias de livros e revistas, e sobre a escrivaninha, a qual tinha dois gavetões, estavam um velho computador, uma impressora, algumas folhas de papel e um telefone.

O comissário refez o caminho até o quarto de dormir e, aqui, notou uma coisa na qual não havia prestado atenção na primeira vez. Entre a cama e a janela, via-se o que parecia ser uma espécie de portinhola de um armário embutido na parede.

Tentou abri-la, mas não conseguiu: estava trancada com chave.

Montalbano achou esquisito: tendo um armário que percorria o corredor inteiro, por que Catalanotti precisava de mais um no quarto de dormir?

Repetiu a tentativa usando uma chave que encontrou sobre uma mesa de cabeceira, mas nada feito.

Então, encasquetou.

Queria a todo custo ver o que havia ali dentro. Recuou três passos, tomou impulso e deu um forte chute na portinha, levantando o pé o máximo que podia.

Ouviu o barulho de alguma coisa se quebrando.

Tentou novamente abrir. Desta vez, a porta oscilou. Bastaria mais um pontapé, e de fato...

Topou então com uma espécie de estante lotada de mais livros, além de revistas e pastas.

Nestas últimas, as lombadas traziam cada uma um papelzinho branco no qual estava escrito o nome de uma pessoa: Giovanni, Maria, Filippo, Ernesto, Valentina, Guido, Maria 3, Andrea, Giacomo e por aí vai. De vez em quando um objeto separava em blocos a longa fileira de pastas.

Destas, ele pegou as duas ou três mais à mão, e que estavam uma ao lado da outra, pousou-as sobre a cama, sentou-se e abriu a primeira, identificada como sendo a de Maria.

Dentro havia uma foto que mostrava em primeiro plano uma jovem loura, sentada numa cadeira e lendo alguma coisa.

Depois vinham duas folhas de papel, uma escrita no computador e outra à mão.

A primeira era um diálogo de quatro ou cinco linhas. Montalbano leu:

– *Que coisa?*
  – *A verdade.*
  – *A partir de hoje, então, você deverá se resignar a viver sem ter mais nenhuma ilusão.*
  – *Vivi na ilusão a vida inteira. Nunca me foi possível prescindir dela.*
  – *Foi você quem quis chegar a isto, a qualquer custo.*
  – *Até hoje, as ilusões tinham me dado a força de continuar, me ajudavam a viver. Não acredito em outra coisa. Eu não tinha outra coisa que me ajudasse.*

No final, havia duas iniciais. Montalbano não entendeu porcaria nenhuma. Passou à folha escrita à mão, no centro da qual se destacava o nome: *Maria*. Entre parênteses, estava escrito *primeiro encontro*. Depois continuava:

*Foi muito difícil conseguir que ela se abrisse.*
  *Foram necessárias diversas horas. Aparentemente, é muito disponível à amizade, mas, assim que tento ultrapassar esse primeiro limiar e obter dela informações mais íntimas e reservadas sobre sua vida, fecha-se como um ouriço.*
  *Cheguei à conclusão de que não se trata de um traço de temperamento; ela deve ter sofrido alguma experiência fortemente negativa que condicionou seu modo de agir. É justamente isso que me interessa nela. Creio que ainda é virgem. É uma atriz, ou pelo menos se considera como tal, e talvez a chave para fazê-la se abrir seja justamente o teatro. A uma pergunta minha mais específica, a saber, até que ponto estava disposta a se defender*

*de uma agressão sexual, respondeu de modo confuso. Então, fui mais claro: você seria capaz de matar seu agressor? E ela não me respondeu, limitou-se a me encarar. Depois, quis recitar para mim um trecho de* Antígona. *Tem reações imprevisíveis. Interessa-me bastante. Continuarei a encontrá-la, com a maior frequência possível.*

E, desta vez, Montalbano compreendeu ainda menos.
Pegou a segunda pasta: *Giacomo*. Abriu. Também aqui, duas folhas e a foto de um homem de chapéu, que estava de pé, com a boca aberta, como se cantasse. O comissário leu a primeira folha, escrita no computador:

*– Qual conclusão? O senhor fala como se soubesse muito mais do que nós a respeito de Martin.*
*– O que eu sei é que deve ter havido alguma razão para ele fazer o que fez.*
*– Talvez Martin tenha se matado por acreditar que eu tinha ficado com o dinheiro.*
*– De novo essa história do dinheiro! Se acha que ele se matou por pensar que o senhor havia pegado aqueles valores, então não conhecia seu irmão. Ele riu quando eu lhe disse isso. Achou divertido. Muitas coisas divertiam aquele rapazinho.*

A confusão de Montalbano aumentou.
Quem eram essas pessoas? O papel escrito a mão, intitulado "Giacomo", dizia:

*Raramente me aconteceu conhecer uma pessoa que não pretende em absoluto renunciar a qualquer prazer que a vida pode lhe oferecer.*

*No quarto encontro, ficou muito claro para mim que ele não hesitaria em fazer mal aos outros, desde que possa obter desse mal um prazer qualquer.*
*Seu principal problema é o dinheiro, na medida em que seus prazeres são caríssimos.*
*Quando perguntei se, caso encontrasse um cheque de valor muito alto, e do qual poderia se apoderar sem correr riscos, faria a culpa recair sobre outrem, ele respondeu que não seria capaz disso.*
*Tive a sensação de que mentia. Vou encontrá-lo de novo, porque, se conseguisse compreender que ele me disse uma mentira, Giacomo seria ideal para mim.*

As duas iniciais no final eram as mesmas da outra folha: EP. Montalbano ficou apalermado, com a pasta sobre os joelhos, mergulhado num abismo de névoa.

Então, tomou uma decisão rápida. Levantou-se, fechou as pastas, recolocou-as no lugar, fechou como pôde o armário e passou ao escritório.

Sentou-se à escrivaninha. Nas folhas de papel, não havia nada escrito. Decidiu deixar para depois o exame do computador.

Então abriu a primeira gaveta à esquerda.

Continha uma grande quantidade de livros contábeis. Montalbano pegou o do ano em curso: 2016. Começou a examiná-lo.

Quando o fechou, meia hora depois, estava convencido de que Catalanotti possuía uma grande quantidade de casas, terrenos e lojas regularmente alugados. Se não era rico, pouco faltava para tal.

Em seguida, passou à gaveta da direita. Também nesta havia muitos livros contábeis, igualmente identificados pelo ano correspondente. Pegou o do ano em curso e, aqui, teve uma surpresa. Cada página era intitulada sob um nome diferente.

Na primeira estava escrito o nome de Adalberto Lai. Embaixo, uma declaração:

*8 de janeiro de 2016*

*Eu, abaixo assinado Adalberto Lai, declaro que recebi como empréstimo, do senhor Carmelo Catalanotti, a quantia de 15.000 € (quinze mil euros) e que me comprometo a restituir-lhe dentro de seis meses, contados a partir da presente data, a quantia de 15.500 € (quinze mil e quinhentos euros).*

Seguia-se a assinatura.

Embaixo desta, e agora com a letra de Catalanotti, estava escrito:

*10 de junho de 2016*

*Eu, abaixo assinado Carmelo Catalanotti, declaro ter recebido na data de hoje, do senhor Adalberto Lai, a soma precedentemente convencionada, não restando nenhum valor pendente.*

Logo depois, tanto a assinatura de Catalanotti quanto a de Lai.

Virou a página. Esta correspondia a Nico Dilicata.

Dela constava que em 14 de janeiro esse Nico havia pedido mil e quinhentos euros, após três meses tinha restituído mil e seiscentos, e menos de vinte dias depois solicitara um novo empréstimo de mil euros, os quais, porém, ainda não havia restituído.

As páginas seguintes eram todas na mesma toada. Quando fechou os registros, Montalbano chegou à conclusão de que Catalanotti fazia agiotagem, era um usurário, mas, embora cobrasse de fato juros altos, estes não eram excessivamente altos. Um agiota de bom coração, digamos assim.

Abriu o computador e logo percebeu que do arquivo EMPRÉSTIMOS e DIVERSOS constavam, em perfeita ordem, cópias dos documentos em papel.

A essa altura, levantou-se e deu uma olhada nas publicações que havia ao redor.

Tratava-se de romances de discreta qualidade e de revistas e livros sobretudo de teatro.

Em conclusão, a figura de Catalanotti parecia ser composta de pessoas diversas: um leitor culto, um usurário de média tonelagem e um homem bastante endinheirado que, sabe-se lá por qual motivo, se interessava muito pelo caráter e pela psicologia dos outros.

Este último aspecto era o mais misterioso.

Estava apagando o cigarro que havia fumado à janela, quando ouviu baterem. Foi abrir. Eram Fazio e Augello.

– Achávamos que você já tinha ido para Marinella – disse Mimì. – A sra. Contarini, do primeiro andar, nos segurou por mais de duas horas falando de seu neto Ninuzzo, que não consegue emprego, e me pedindo uma recomendação para introduzi-lo na polícia.

– E afora isso, descobriram alguma coisa?

– Todos os moradores deste prédio são iguaizinhos. Ninguém conhece ninguém. Parece que sequer fazem reuniões de condomínio.

– Eu também terminei – disse Montalbano. Em seguida, dirigiu-se a Fazio:

– Recoloque os lacres na porta.
Enquanto Fazio cumpria a ordem, Montalbano cochichou para Mimì:
– Lembre-se do que deve fazer esta noite.
Augello acenou que sim com a cabeça.
Desceram a escada. Ammazzalorso não estava mais lá; evidentemente, passava das oito. Montalbano pegou seu carro e foi embora para Marinella.

Diante da maravilhosa fritura crocante de camarões e lulas que Adelina havia preparado, teve um instante de hesitação.
Seu olhar percorreu um papelzinho pregado à geladeira.
Justamente uma semana antes, na última vez em que viera encontrá-lo, Livia havia deixado um lembrete de poucas palavras, mas que, para ele, soavam como uma espécie de condenação à morte.

*Não esqueça que* (escrito com hidrográfica vermelha) *seu metabolismo está decididamente mudado* (*decididamente* também em vermelho e sublinhado duas vezes).
*Bastam poucas calorias para satisfazer suas necessidades diárias.*
*PROIBIDOS:*
*Carboidratos (<u>pão, massa...</u>).*
*Doces (<u>sobretudo cannoli e cassate</u>).*
*Frituras (<u>sobretudo sarde a beccafico,*<u> polpette di neonata e os polipetti de que você tanto gosta</u>).*

---

* "Sardinhas à papa-figo", prato siciliano. As sardinhas são recheadas com uma pasta de farinha de rosca, alho, salsa, uva sultana, pinhão, sal, pimenta e azeite. Podem ser assadas no forno ou fritas, dependendo da variação da receita, a qual às vezes inclui alcaparras e queijo-cavalo. A seguir, *polpette di neonata*, almôndegas de alevinos, *e polipetti*, polvinhos refogados. (N.T.)

*Álcool: <u>no máximo um copo de vinho tinto por dia</u>.*

Seguiam-se o desenho de uma caveira e, sempre com hidrográfica vermelha, a recomendação:

ABOLIR O UÍSQUE.

Adelina havia pedido uma explicação sobre aquele papelzinho. E ele respondera dando de ombros.
Fosse como fosse, o cheiro que vinha da panela levou a melhor.
Montalbano foi arrumar a mesa na varanda e começou a comer da própria panela a deliciosa fritura.
Quando terminou, encheu novamente o copo de vinho que havia esvaziado durante a refeição e o bebeu em dois goles.
Foi neste exato momento que o telefone tocou. Era Livia.
– Terminei de jantar agora mesmo – disse ela. – Você já comeu?
– Camarõezinhos fervidos, com um fio de azeite e umas gotas de limão. Pão integral e meio copo de vinho. Como vê, estou respeitando suas regras.
– Muito bem! Continue assim, veja lá. Eu queria lhe dizer que daqui a dois dias talvez possa ir até aí.
– Seria excelente, mas justamente hoje de manhã houve um homicídio. A coisa parece complicada...
Livia o interrompeu.
– Não se preocupe. Vamos deixar para a próxima semana, e talvez eu tire mais um dia de folga.
Ficaram mais um tempinho conversando sobre uma coisa e outra, depois trocaram um boa-noite e Montalbano se arrastou para se sentar diante da televisão.

Nicolò Zito, o jornalista da Retelibera, estava dando a notícia do assassinato de Catalanotti, descrevendo o morto como uma pessoa abastada e, sobretudo, um homem tranquilo, que jamais tivera problemas com a justiça. Em seguida, o comissário passou a ver distraidamente um espetáculo de revista.

De repente, seu interesse despertou de novo. A primeira-bailarina era parecidíssima com Antoni... bem, uma linda mulher, mas de temperamento antipático, de muito difícil aproximação.

"Por quê?", perguntou-se Montalbano. "Por acaso você a preferiria mais próxima?"

A resposta lhe saiu imediata, do coração:

"E por que não?"

Não quis se permitir outras perguntas.

Desligou a televisão para não rever a primeira-bailarina, foi fumar na varanda o último cigarro e afinal decidiu que era hora de se deitar.

*A noite estava avançada, a rua era bastante larga e o automóvel seguia silencioso, devagarinho, faróis apagados, passando rente aos veículos estacionados ao longo da calçada. Não parecia rodar, mas deslizar sobre manteiga.*

*De repente o carro reduziu, desviou-se para o lado esquerdo, deu uma guinada e estacionou num piscar de olhos.*

*Em seguida, abriu-se a porta do condutor e um homem saiu cautelosamente, fechando-a devagar.*

*Era Mimì Augello.*

*Levantou a gola do casaco até embaixo do nariz, encaixou a cabeça entre os ombros, deu uma rápida olhada ao redor e depois, com três saltos, atravessou a rua e viu-se na calçada em frente.*

*Mantendo a cabeça sempre afundada, avançou alguns passos, parou diante de um portão, estendeu um braço e, sem sequer olhar os nomes escritos sobre as teclas do interfone, tocou uma campainha.*

*A resposta veio imediatamente:*

*– É você?*

*– Sim.*

*Com um estalo, a fechadura destrancou. Mimì abriu o portão, passou, fechou depressa e começou a subir a escada, na ponta dos pés. Tinha preferido assim, em vez de tomar o elevador, que faria muito estardalhaço.*

*Chegado ao terceiro andar, viu uma réstia de luz que se filtrava de uma porta minimamente entreaberta. Dirigiu-se até lá, empurrou, entrou. A mulher, que evidentemente o aguardava logo atrás da soleira, puxou-o com o braço esquerdo, enquanto, com a mão direita, trancava a porta com quatro voltas de chave na fechadura superior, mais duas na inferior, e jogava o chaveiro sobre uma mesinha. Mimì fez menção de abraçar a mulher, a qual, porém, se afastou, pegou-o pela mão e lhe disse baixinho:*

*– Vamos lá pra dentro.*

*Mimì obedeceu.*

*Já no quarto, a mulher o abraçou e grudou seus lábios nos dele. Mimì estreitou-a com força, retribuindo o beijo apaixonado.*

– Você me desculpe, mas eu ainda preciso fazer uma coisa.

– Ainda???! – *exclamou ela, com malícia.*

*Enquanto isso, Mimì se levantava e começava rapidamente a se vestir de novo.*

– Preciso encontrar minha carteira, acho que perdi na fuga daquela noite.

– Mas eu não achei nada aqui.

— Justamente. Temo que ela tenha caído no andar de baixo.
— E agora?

Mimì deu um salto atlético até a porta-balcão da sacada e abriu-a.

— Fique tranquila! Só preciso de dez minutos.

Puxou do bolso uma lanterna, debruçou-se do parapeito, acendeu a lanterna e fez o teatro de olhar cuidadosamente a sacada de baixo.

— Daqui de cima não dá pra ver. Preciso descer — disse, enquanto já galgava o parapeito.

— Por favor! Tome cuidado!

— Serei novamente todo seu, daqui a pouquinho — disse ele, desaparecendo da vista da mulher.

Assim que alcançou a sacada do segundo andar, percebeu que, também desta vez, a porta balcão estava meio aberta.

Ao imaginar topar de novo com aquele cadáver, fez uma careta, mas depois se encheu de coragem e abriu por completo, cautelosamente.

Recordava muito bem onde havia tropeçado na cadeira. Tateou ao redor com os braços estendidos, mas não encontrou nenhum obstáculo. Sinal evidente de que alguém havia recolocado a cadeira no lugar. Acendeu a lanterna, mantendo-a baixa, e, sem dirigir a vista para a cama, saiu do quarto. Logo à primeira olhada, convenceu-se de que o apartamento era absolutamente idêntico ao de cima.

Girou na ponta dos pés: outro quarto, um escritório, um aposento onde havia uma coleção de conchas, dois banheiros e uma cozinha. Não havia vivalma. Então, voltou ao primeiro quarto e focalizou a cama com a lanterna.

A lanterna caiu de sua mão, mas, na hora, Mimì não conseguiu recolhê-la.

*O que ele havia visto transformara-o numa estátua de cera. Ou melhor, o que ele não havia visto.*

*Sem perder um minuto, afinal apanhou a lanterna, dirigiu-se à porta, abriu-a, fechou-a, desceu a escada, abriu o portão, chegou ao seu carro, meteu-se dentro e partiu disparado para Marinella.*

Das profundezas do oceano de sono, Montalbano veio à tona com dificuldade, porque ouviu um barulho que o aborrecera e ainda aborrecia bastante.

Estava tentando desgrudar os cílios inferiores dos superiores quando compreendeu que se tratava da campainha do telefone.

Acendeu a luz tateando, olhou o relógio.

Passava das duas.

Levantou-se, bateu na cadeira junto ao pé da cama, bateu contra o umbral da porta do quarto, bateu contra o outro umbral da sala de jantar, bateu contra outra cadeira, bateu contra a mesinha e afinal, tateando, encontrou o telefone e levantou o auscultador.

— Grunt — atendeu.

— Abra a porta pra mim, Salvo, abra! Daqui a cinco minutos estou chegando aí.

Ele não reconheceu a voz de jeito nenhum.

— Mas quem fala?

— Salvo, está me ouvindo? Sou eu, Mimì! Abra!

O que podia ter acontecido?

Antes de abrir, foi à cozinha, meteu a cabeça embaixo da torneira aberta, e tinha começado a preparar a xícrona de café, quando um barulhão terrível o fez dar um salto.

"Uma bomba!", pensou imediatamente.

Precipitou-se para o corredor. Abriu.

Mimì tinha freado tarde demais e o focinho do carro, como a cabeça de um aríete, havia se estrumbicado contra a porta.

– Dê marcha a ré, do contrário não consegue entrar – disse o comissário.

Mas Mimì sequer lhe deu ouvidos. Saiu do carro, pulou sobre o capô e, com o salto seguinte, viu-se dentro da casa. Ato contínuo, afastou Montalbano com um empurrão, precipitou-se para a sala de jantar, e o comissário, quando voltava à cozinha, viu que ele estava bebendo o uísque diretamente da garrafa. O café estava pronto. Montalbano o serviu na costumeira xícrona e nesse momento entrou Mimì, que desabou em cima de uma cadeira.

# 5

— **B**om, e aí? – fez Montalbano, sentando-se diante dele com a grande xícara fumegante.

Augello acenou com a mão para ele esperar um pouquinho. Precisava recuperar o fôlego.

O comissário começou a beber o café. Depois, já que Mimì continuava mudo, repetiu, mais alto:

— E aí?

Mimì respondeu engrolando umas palavras, e Montalbano não entendeu nada.

— Quer ser mais claro, por favor?

— Não... não... não estava – balbuciou Mimì.

— Como assim? Genoveffa lhe deu o bolo?

— Mas que Genoveffa, que nada! Geneviève ainda está me esperando de braços abertos...

— E daí?

— Daí que ele não estava.

— Ele, quem?

— Salvo, o nosso morto não estava mais em cima da cama.

– E estava onde?
– Em lugar nenhum, Cristo santo! Desapareceu!
– Alguém o levou?
– Com certeza! Ele não pode ter ido embora com as próprias pernas!

Montalbano passou a mão pela testa.

– Um momento... um momento. Tem certeza de que, quando o viu, ele estava morto?
– Eu o toquei! Estava rígido! Como uma estátua! Ora, esqueceu que eu manchei de sangue minha camisa?
– Mas você olhou nos outros aposentos?
– Olhei, olhei! Nada, Salvo! Nosso morto não está mais lá.
– Concluindo: esse morto, e quero repetir que ele é unicamente seu, foi estacionado em cima daquela cama, depois alguém veio buscá-lo e levá-lo sabe lá para onde. Isso, porém, nos resolve um problema.
– Qual?
– Não precisamos mais descobrir o cadáver. Seguramente, assim que ele aparecer em algum lugar, seremos devidamente informados.
– Então, só nos resta esperar?
– Sim, e enquanto espero me despeço de você, vou me deitar de novo, e lembre-se de tirar da minha porta o focinho de seu carro.

Montalbano se levantou e saiu da cozinha, deixando Mimì, que estava segurando a cabeça entre as mãos.

Chegou ao comissariado e foi literalmente atacado por Catarella.

– Ah, dotor, dotor! Aconteceria que tem um que quer falar com vossenhoria em pessoa pessoalmente, é o engenheiro Rosario Rosario.

— Está ao telefone?
— Não, *in loco*.
— Tudo bem. Daqui a cinco minutos, mande-o entrar na minha sala e me mande também Fazio.
— Impossibilitado de mandar Fazio a vossenhoria por motivo que ele não se encontra-se *in loco*, tendo precisado comparecer ao hospital de Montelusa.

Montalbano se preocupou.
— O que aconteceu com ele?
— Com ele, em pessoa pessoalmente, nada, dotor, mas como esta manhã atiraram em...

Montalbano o interrompeu.
— E você só me diz agora?
— Dotor, vossenhoria não faz ideia de quantas vezes eu lhe telefonei pra linha do telefone de sua casa. Tocava, tocava e ninguém atendia. Até o celular estava desligado...

Montalbano recordou então que, quando estava adormecido praticamente em estado de catalepsia, tinha ouvido soar um concerto de campainhas.
— Tudo bem, tudo bem, prossiga. Atiraram em quem?
— Atiraram num rapaz delicado e Fazio foi pro hospital pra ver esse rapaz delicado.
— Você o viu?
— Vi quem?
— Se você declara que esse rapaz é delicado, significa que o viu.
— Não senhor, dotor, não vi, delicado é de família.
— Mas que merda você está dizendo? — reagiu Montalbano, desconsolado, afastando-se em direção à sua sala.

Assim que se sentou, ouviu baterem de leve à porta, e uma voz que pedia:
— Dá licença?

– Adiante.

Entrou um quarentão alto e magricela, cabelos pretos penteados para trás e um bigode em rabo de camundongo.

Parecia claramente emocionado.

– Bom dia, sou o engenheiro Rosario Lo Savio.

Montalbano se levantou, trocaram um aperto de mãos, o engenheiro se sentou diante da escrivaninha.

– Pode falar.

– Eu soube ontem da morte de Carmelo Catalanotti. Era um amigo meu – e aqui sua voz se embargou.

Duas lágrimas lhe desceram pela face. Ele puxou do bolso um lenço e as enxugou.

– Desculpe, eu vim aqui porque acredito ter sido a última pessoa a vê-lo vivo.

Montalbano o corrigiu.

– A última pessoa a vê-lo vivo foi seguramente o assassino.

– Tem razão, então devo ter sido a penúltima – admitiu o engenheiro.

– Conte como foi.

Antes de responder, Lo Savio deu um longo suspiro.

– Eu sou sócio da Trinacriarte, a mais importante companhia de teatro amador da província. Carmelo também fazia parte dela. Anteontem, terminamos os ensaios por volta da meia-noite e, já no estacionamento, meu carro não pegou. Então Carmelo se ofereceu gentilmente para me dar uma carona e me levou até minha casa.

– Como ele lhe pareceu? Agitado, diferente do habitual?

– Não, estava absolutamente tranquilo.

– Deu a impressão de que podia ter um encontro marcado?

– Eu diria que não. Ele não tinha pressa nenhuma, pelo contrário, lembro que em frente à minha casa ainda ficamos um tempinho conversando sobre o espetáculo que estamos preparando. Desculpe, que estávamos preparando.

E, aqui, mais duas lágrimas.

– Me fale um pouco dessa companhia. Onde fica? Quantos...

Lo Savio o interrompeu e se empertigou todo.

– A Trinacriarte nasceu em 1857, por iniciativa do grande e infelizmente esquecido comediógrafo vigatense Emanuele Gaudioso. Depois da Unificação da Itália, sofreu uma interrupção de três anos, em consequência de...

Montalbano, ante a ameaça de precisar escutar cento e tantos anos de história da companhia, não aguentou.

– Desculpe, é muito interessante o que o senhor está me dizendo, mas, por favor, chegue aos nossos dias. Ou melhor, eu faço as perguntas.

– Tudo bem.

– Quantos são os integrantes da companhia?

– No momento, são dezoito inscritos, dez homens e oito mulheres.

– Há um responsável? Um administrador?

– Temos uma diretoria composta por três membros, um dos quais era o pobre Catalanotti.

– E os outros dois?

– Uma é Elena Saponaro, gerente de banco, e outro é o advogado Scimè, Antonio Scimè.

E, aqui, o engenheiro fez uma espécie de careta. Esteve prestes a dizer alguma coisa, mas se deteve. Montalbano não deixou escapar a oportunidade:

– Me fale desse Scimè.

– Não, pois é, trata-se de uma boa pessoa, mas também é um pé no saco.

– Por quê?

— Quando jovem, frequentou a Academia Nacional de Arte Dramática e se formou como ator. Ao que parece, porque não temos testemunhas diretas, estreou num espetáculo de Vittorio Gassman e nunca superou isso. A cada cinco minutos, acha um jeito de recordar, a si mesmo e aos outros, os anos romanos da *dolce vita*.

— Além de membro da diretoria, Catalanotti era o que mais? Ator? Encenador?

— À parte o fato de ser o principal financiador da Trinacriarte, Catalanotti era também um excelente ator de tipos e um encenador muito sério, preparadíssimo, e com uma ideia de teatro muito particular.

— Qual?

— Para ele, o teatro era o texto. Tudo devia nascer do texto. Até os figurinos, os cenários, a iluminação derivavam da escrita teatral. E era fundamental seu trabalho sobre o intérprete.

— Como assim?

— É meio complicado, vou tentar explicar: Carmelo queria que cada ator, para interpretar seu papel, partisse de algo profundamente pessoal. Sei lá, um trauma, um momento da vida, um amor frustrado, uma experiência particular, profunda, íntima, que de algum modo pudesse ser útil àquilo que o texto requeria.

— Me faça compreender melhor. Se, na peça, houvesse uma viúva em cena, ele queria uma viúva autêntica?

— Não, comissário. Não era assim tão literal. Mas começava por escavar na intimidade de um ator para buscar, por exemplo, o equivalente a uma sensação de ausência, como pode ser a viuvez, e nisso era extremamente hábil. Conseguia derrubar as defesas pessoais de quem estava diante dele, até fazer emergir algo similar: um luto recente, um divórcio, até mesmo uma mudança de endereço... em suma, uma emoção traumática que tivesse a ver, como neste caso, com uma falta, com um vazio.

– Entendo. Ficava a meio caminho entre um psicanalista e um confessor.

– Eu diria antes um Stanislavski corrigido, revisto e modernizado.

– Queira desculpar, mas todos os atores consentiam em se submeter a essa espécie de investigação psicológica?

– Não, não todos. De fato, alguns se rebelaram e Carmelo não os aceitou para o papel.

– Essas sessões aconteciam na presença de toda a companhia?

– Não, só num segundo momento. Antes havia uma longuíssima preparação, que Carmelo desejava fazer tête-à-tête.

Não ocorreram a Montalbano outras indagações particulares, a não ser as rotineiras, às quais Lo Savio não conseguiu responder porque, ao que parecia, Catalanotti não dava intimidade a ninguém; portanto, o comissário não soube se ele tinha inimigos, mulheres que o importunavam ou parentes traiçoeiros.

Enquanto se despedia do engenheiro, estendendo-lhe a mão por sobre a escrivaninha, Montalbano perguntou:

– O que vocês estão ensaiando atualmente?

– *A tempestade*, de Shakespeare.

– E Catalanotti participava?

– Não, porque estava preparando o espetáculo dele. Mas não perdia um ensaio.

– O que ele pretendia encenar?

– Uma peça de um autor inglês moderno. Não a conheço.

Houve uma pausa e em seguida Montalbano disse:

– Eu gostaria de assistir a algum ensaio. Onde fica a sede de vocês?

— Um dos atores nos disponibilizou um antigo depósito de madeira, que fica na via Lombardo, número 15.

Enquanto anotava o endereço num papelzinho, o comissário perguntou:

— Devo avisar, quando for?

— Não se preocupe. Estamos lá todas as segundas, quartas e sextas, a partir das nove e meia da noite.

Depois que o engenheiro saiu, Montalbano refletiu sobre uma coisa que ele acabara de dizer, ou seja, que as reuniões da companhia se faziam em dias alternados.

Levantou o fone.

— Catarè, me ligue com Bruno Ammazzalorso, na via La Marmora.

Compreendeu imediatamente que Catarella ficara atrapalhado.

— Catarè, você ainda está aí?

— Certo, dotor.

— O que houve?

— Não sei como fazer.

— Fazer o quê, Catarè?

— Ligar para um urso e uma marmota ao mesmo tempo.

Montalbano se viu perdido. Por fim, respirou fundo e, com a maior calma possível, disse:

— Ache o número do porteiro do prédio onde houve o assassinato.

— Ah, tudo bem, tudo bem, dotor. Assim fica fácil.

De fato, em cinco minutos ele conseguiu o número.

— Sr. Ammazzalorso? Aqui é o comissário Montalbano.

— Pode falar, doutor.

— Queria um esclarecimento. Segundo sua informação, o sr. Catalanotti saía todas as noites. Era isto mesmo?

— Sim, todas.

— Mas todas todas?

— Pelo que eu sei, doutor, todas todas.

Montalbano agradeceu e desligou. Então, a pergunta que surgia naturalmente era: aonde ia Catalanotti nas noites que não dedicava ao teatro?

Foi a essa altura que Fazio reapareceu.

— Me conte tudo — ordenou o comissário.

— O rapaz ferido numa perna se chama Nico Dilicata, tem 28 anos, diplomado em letras, atualmente desempregado, como, aliás, quase metade de todos os jovens por estas bandas. Fez um monte de pedidos, de concursos, de habilitações, mas até agora nada, e por isso todas as manhãs ele sai para procurar um trabalho qualquer.

Montalbano se lembrou da notícia sobre o desemprego na folha de jornal que havia se grudado à sua cara na véspera, quando ele passeava à beira-mar.

— Em suma, um excelente rapaz que teve o azar de nascer aqui!

— Excelente, e de boa família. Estão todos lá no hospital ao redor do leito dele, mas ninguém faz ideia do motivo para esse tiro.

— Mas como foi a coisa?

— Hoje de manhã, ele acabava de sair de casa para se dirigir ao porto, quando uma bala o feriu na perna esquerda.

— Há testemunhas?

— Não. Por aqui, como vossenhoria sabe, não se encontram testemunhas nem a peso de ouro, mas o estranho é que o próprio Nico afirma não ter sequer ouvido o barulho do disparo. Ele acha que foi um acidente: estava no lugar errado, na hora errada.

— E você acredita?

Fazio fez uma careta.

– Doutor, posso estar enganado, mas assim, à primeira vista, tem alguma coisa que não me convence.

– Ou seja?

– Ou seja, me pareceu que esse Nico Dilicata só está contando da missa a metade.

– Como é o nome todo dele?

– Domenico Dilicata, vulgo Nico. Por quê?

– Tenho a impressão de já ter visto esse nome.

– Pode ser, mas o rapaz nunca teve problemas com a justiça.

– Tudo bem, vou pensar. Agora me escute, que vou lhe contar uma boa história.

– Sou todo ouvidos.

– Lembra-se do morto de Augello?

– Mas é claro! Aquele que não sabemos como descobrir.

– Isto. E agora a situação ficou ainda mais difícil.

– Por quê?

– Porque o cadáver se tornou inencontrável.

O queixo de Fazio despencou até o peito e, simultaneamente, Fazio inteiro ameaçou cair da cadeira.

Afinal, falando com dificuldade, perguntou:

– O que vem a significar isso?

– Vem a significar que Mimì Augello voltou ao apartamento da via Biancamano, e o morto dele não está mais lá.

– Portanto, foi tirado do local. Ou seja, alguém tem a chave do apartamento.

– Elementar, meu caro Watson! – declarou Montalbano, e continuou: – Procure saber o máximo possível sobre esse Nico, mas o indispensável é que você telefone aos sujeitos da agência para saber se existe uma cópia da chave da casa do morto de Augello, e com quem está.

– Vou telefonar agora mesmo – respondeu Fazio, e saiu.
Um minuto depois apresentou-se Mimì Augello, com cara de finados.
– Ora, quem vejo! – disse o comissário, olhando o relógio. – Sabe que horas são?
Mimì entendeu o recado.
– O fato é que esta noite eu não dormi.
– A ideia do morto desaparecido o impediu de pegar no sono?
– Nada disso! Mas eu não podia deixar as coisas pela metade. Imagine que Geneviève tinha ficado duas horas debruçada na sacada, aflita, se perguntando que fim eu havia levado. Eu precisava consolá-la, no mínimo.
– Será que, no mínimo, acabou contando a ela a história do seu morto?
– Claro que não, Salvo. Eu disse que, ao entrar naquele apartamento, havia notado algo estranho e por isso o tinha inspecionado demoradamente. Em seguida, tinha ido ao comissariado para fazer umas pesquisas. A esta altura, Geneviève me confirmou que o apartamento estava vazio, mas que, na verdade, em certas noites ela ouvia ruídos estranhos, cochichos, uma certa agitação.
– E depois?
– Depois foi só isso, Salvo, ela não sabia mais nada, portanto recomecei a consolá-la.
Nesse momento, Fazio entrou na sala, com uma cara desolada.
– A funcionária da agência não soube me dar nenhuma informação.
– Por que você não tenta chamar de novo o proprietário do apartamento?

— Já providenciado. Aurisicchio me confirmou que não existem cópias das chaves. As únicas estão com o dono da agência.

Considerando que não conseguiam chegar a uma conclusão qualquer, o comissário decidiu que o jeito era ir comer.

Tendo entrado no carro, a vontade de ir ao Enzo passou, sabe-se lá por quê. Seguiu então para um restaurante chamado Catarinetta, do qual tinha ouvido falar bem e que ficava a meio caminho entre Vigàta e Montaperto.

Havia percorrido menos de cinco quilômetros quando viu uma primeira indicação: devia dobrar à direita e pegar uma estrada de terra.

Dirigiu por mais meia hora, entrando ora à direita, ora à esquerda, seguindo as placas, e acabou indo parar em campo aberto. Ao redor, muitos vinhedos e, a perder de vista, sucediam-se amendoeiras em meio às quais se destacava, de vez em quando, o branco de casinhas de camponeses. Era uma paisagem encantadora, que apaziguava o coração e a alma, mas Montalbano teve um pensamento sombrio. Sabe-se lá quantos mafiosos foragidos ainda se escondiam dentro dessas casinhas aparentemente inocentes, e o comissário recordou que, muitos anos antes, aqueles criminosos haviam escondido numa delas um menino chamado Giuseppe Di Matteo, que havia sido raptado, e depois deram a ele um fim horripilante, capaz de deixar uma pessoa envergonhada por pertencer ao gênero humano. Sem querer pensar mais nisso, Montalbano estacionou em frente ao restaurante e entrou.

O local consistia em um pequeno vestíbulo que dava para um grande salão, dentro do qual havia umas vinte mesas, todas ocupadas. Desconsolado, ele olhou as pessoas que comiam fartamente, conversavam e riam em voz alta, e já ia virando as costas para sair quando foi abordado por um garçom.

– Está procurando alguém ou quer almoçar?

– Eu queria almoçar, mas...

– Se tiver a paciência de esperar meia hora...

Montalbano ia respondendo que não, quando se abriu a portinha do toalete, o qual ficava logo ao lado da entrada, e ele viu pelas costas uma mulher saindo. Por um instante, permaneceu olhando, embasbacado, porque aquele corpo lhe recordava... e nesse exato momento a mulher se voltou e ele reconheceu Antonia, a chefe da perícia. O ar quase lhe faltou. A moça, que não o havia percebido, se dirigiu a uma mesa. Montalbano acompanhou-a com o olhar e constatou que estava sozinha.

Então seus pés se moveram na direção dela. Antonia ergueu a vista, fitou-o, e Montalbano teve certeza de que não era bem-vindo.

– Bom dia.

– Bom dia – respondeu ela, seca.

– Está esperando alguém?

– Não, por quê?

Montalbano gaguejou.

– Bom... já que... não há lugar... se você pudesse... estou com fome.

Sem responder, Antonia se limitou simplesmente a indicar a cadeira à sua frente.

Montalbano se sentou e olhou o cardápio sobre a mesa.

– Já pediu?

– Ainda não.

– Já conhecia este lugar?

– Sim.

– Como é a comida aqui?

— Muito boa.

E caiu um silêncio pesado como uma pedra.

Montalbano percorreu rapidamente uma centena de assuntos que lhe passaram pela cabeça, mas não encontrou nenhum adequado, de modo que pegou o cardápio e o examinou. Logo à primeira olhada, convenceu-se de que, naquele lugar, de peixe não havia nem sombra.

— Vai comer o quê? – perguntou a Antonia.

— Massa com ricota. É excelente. E você?

Montalbano ficou mudo por mais de trinta segundos, e depois se decidiu.

— Eu também.

E permaneceram em silêncio, até o momento em que o garçom se apresentou para anotar as comandas.

Como segundo prato, Antonia pediu uma costeleta de cordeiro com batatas, e o comissário, naturalmente, foi atrás.

No silêncio que se seguiu, ele se perguntou por que ficava tão aparvalhado diante da moça.

Seria talvez a atitude dela, tão pouco sociável, que o deixava constrangido, ou esse constrangimento resultava do fato de Antonia exercer sobre ele o efeito de um ímã?

# 6

Seu olhar caiu sobre as bonitas mãos da moça: não havia anéis.

Ele jamais soube de quais profundezas lhe chegou a pergunta que brotou de seus lábios, apesar da barreira de silêncio que se impunha:

– Você é noiva?

Um evidente aborrecimento surgiu na face de Antonia:

– Por quê?

Montalbano recaiu nas profundezas, das quais, desta vez, nenhuma resposta lhe veio.

A barreira de silêncio entre os dois se transformou numa cortina de ferro.

Somente um tempinho depois, ele conseguiu dizer:

– Desculpe, não quis ser indiscreto...

Desta vez, miraculosamente, foi ela quem falou.

– Vivo sozinha há mais de dez anos. Isso não significa que os homens não me atraem, mas ainda não encontrei um de quem eu goste a ponto de querê-lo ao meu lado todos os dias. E você?

O comissário não tinha previsto o ricochete.
– Eu moro sozinho, mas... mas... não sou sozinho.

Era de se esperar que Antonia lhe pedisse para se explicar melhor, mas a moça continuou muda. E Montalbano se convenceu de que, para ela, aquele assunto estava encerrado.

Porém o comissário não queria largar o osso, e estava prestes a abrir novamente a boca, quando foi sobrepujado por uma gritaria proveniente da mesa à esquerda.

Sentado ao lado de uma mulher miúda e magricela, um homem gordo e transpirante balançava as mãos cheias de anéis, enquanto implicava com um garçom que se mantinha paralisado, de pé, ao lado dele:

– Mas como?! Eu venho de Fela só pra isso, percorro quilômetros e quilômetros porque me encheram a cabeça elogiando esta porcaria de restaurante, que fazia massa com miúdos e não sei mais o quê, e agora você vem me informar que esta Europa de merda mandou não fazerem mais?

– Pois é, senhor, o que posso lhe dizer? São regras que vêm de fora. Nós aqui, coitados, não podemos fazer nada...

O homem gordo se levantou, agarrou a mulher magricela e arrastou-a para fora, praguejando.

– Mas o que são esses miúdos? – indagou Antonia, enquanto um garçom colocava diante deles uns *cavatelli* com ricota.

– São vísceras de vaca. Na Sicília, nós as cozinhamos de várias maneiras.

Antonia fez uma careta de nojo. Começaram a comer sem trocar nenhuma palavra, mas depois Montalbano, contrariando sua norma de não falar durante a refeição, perguntou:

– O que vocês descobriram no carro de Catalanotti?

– Nada de importante. Não havia vestígios biológicos relevantes. Com certeza ele não foi morto nem transportado naquele automóvel.

Mais do que escutando as palavras de Antonia, Montalbano estava fascinado pelos movimentos que ela fazia. Cada gesto possuía uma graça, uma leveza e... faltava mais um termo... pronto, uma harmonia especial!

Essa era a palavra certa. Uma espécie de relação coordenada não somente dela mesma com seu corpo, mas também dela mesma com o espaço ao seu redor. E não era um espaço pequeno, e sim aberto, vasto, sem limites. Em suma, aquela moça parecia em harmonia com o próprio mundo.

Foi então que lhe ocorreu espontaneamente uma pergunta:

– Mas, afinal, e você, Antonia, como passa os serões? Sai? Vai ao cinema? Assiste à televisão?

– Ao cinema, raramente. Prefiro ler.

Tal resposta despertou a imediata curiosidade de Montalbano.

– Eu também gosto muito de ler. Quais são seus autores preferidos?

– Muitos. No momento, estou lendo uma narrativa de um autor siciliano que me agrada muito. Chama-se Giosuè Calaciura, conhece?

Montalbano não conhecia esse escritor, mas sabia tudo sobre a responsável pela editora, uma senhora que havia fundado uma editora em Palermo que fazia os livros mais bonitos de se ver e de se ler.

E foi assim, falando de livros, que os dois descobriram ter muitas coisas em comum. Talvez até demais.

A primeira a se dar conta disso foi Antonia. A qual logo recuou.

– Agora, preciso ir. Você paga?

Sem esperar resposta, levantou-se, apertou a mão dele e saiu. Montalbano não tirou os olhos de cima dela até vê-la desaparecer.

Foi quando estava retornando a Vigàta que, sem saber como nem por qual motivo, o nome de Nico Dilicata surgiu em sua memória, e quase simultaneamente ele recordou onde o havia lido.

Precisava conferir imediatamente, e por isso, em vez de se dirigir ao comissariado, uns vinte minutos depois estacionou em frente ao prédio de Catalanotti. O portão ainda estava fechado. Ele pegou as chaves que levava no bolso, encontrou a certa, removeu os lacres, abriu e entrou.

Quando se viu dentro do apartamento, correu para o escritório, sentou-se, abriu a gaveta da direita e pegou o registro dos empréstimos. Tinha se lembrado certo: na segunda página estava escrito o nome de Nico Dilicata.

Continuou olhando atentamente.

Por fim, veio a descobrir que, além de Nico, outras duas pessoas não haviam podido restituir o dinheiro com os juros: Luigi Sciacchitano, cuja dívida era de três mil euros, e Saveria di Donato, que havia tomado emprestados vinte mil. Abriu o computador e, de novo, teve a confirmação de que tudo o que Catalanotti salvava na máquina estava também escrito e organizado nos registros.

Anotou os dois nomes num papelzinho e saiu.

Desta vez, o portão estava aberto. Ammazzalorso se encontrava em seu posto, e se mostrou surpreso ao ver o comissário.

– Desculpe a pergunta, doutor, mas, nos filmes a que eu assisto, a polícia fica horas e horas examinando os mínimos cantinhos e buraquinhos da casa. Como é que, aqui, todo mundo foi embora em poucos minutos?

– Por estas bandas, temos sistemas diferentes – disse o comissário, com firmeza.

"Sabe lá quais", pensou ao mesmo tempo. Fosse como fosse, a honra da polícia estava salva.

Chegou ao comissariado quando já eram cinco e meia. Chamou Fazio imediatamente e mostrou a ele o papelzinho com os dois nomes.

– Procure saber o máximo que puder sobre essas pessoas.
– Por quê? Quem são?
– Duas pessoas a quem Catalanotti havia emprestado dinheiro a juros e que não conseguiram restituir o valor.
– Vossenhoria acha que Catalanotti pode ter sido assassinado por alguém que não podia pagar?
– Fazio, meu querido, afinal isso não acontece? E, já que estamos no assunto, saiba que Nico também se encontra na mesma condição.
– E quem é Nico?
– O rapaz que levou um tiro na perna, Fazio.
– Desculpe, doutor. Bom, então, segundo vossenhoria, Nico Dilicata poderia ser um assassino que depois, por vingança, foi alvejado por um cúmplice de Catalanotti?
– Não sei, Fazio. Mas eu gostaria de falar com esse rapaz. Você acha que me deixam entrar no hospital, a esta hora?
– Por que não? A bala pegou a perna dele de raspão, não foi coisa grave.
– Então, vamos lá.
– Tem um problema – disse Fazio, quando já estavam no carro em direção a Montelusa.
– Qual?
– Nico está internado numa enfermaria com oito leitos, todos ocupados. Como faremos para falar com ele em particular?
– Vamos pedir ao doutor um quartinho, e você me leva Nico até lá.
– Certo.

Meia hora depois, Nico Dilicata estava sentado numa cadeira de rodas, diante do comissário. A enfermeira-chefe tinha disponibilizado um local pequenininho, lotado de material hospitalar, com um fedor de remédios que dava até engulhos. Nico viera acompanhado por uma bela garota loura, a qual, antes de deixá-lo, se inclinou para beijá-lo na testa.

– É Margherita, minha namorada – explicou Nico, quando ela saiu.

Montalbano se apresentou e, logo em seguida, perguntou:
– Como se sente?
– Agora estou sob analgésicos. Portanto, me sinto melhor.
– Pode me contar em detalhes como as coisas aconteceram?
– Tenho pouquíssimo a contar. Já disse tudo ao sr. Fazio.
– Peço que repita para mim, por favor.
– Hoje de manhã, muito cedo, podiam ser umas seis e meia, eu estava saindo do prédio para ir ao porto. Às vezes descarrego uns caixotes de peixe, e assim ganho alguma coisa...
– Desculpe – interrompeu o comissário. – De manhã, você sai de casa sempre a essa hora?
– Sim, quase sempre.
– Continue.
– Estava fechando o portão, de costas para a rua, quando senti uma dor muito aguda na perna. Aí não consegui mais me manter de pé, deslizei de joelhos, sempre me apoiando no portão. Quando me voltei, a rua estava deserta. Realmente, não sei informar mais nada.
– Quem o socorreu?
– Um tempinho depois, consegui, com alguma dificuldade, me levantar, me segurando na parede, e interfonei. Margherita desceu imediatamente com Filippo e eles me levaram ao hospital.

– Queira desculpar, não entendi bem. Você mora com Margherita e com Filippo?

– Sim. Meus pais se mudaram para Catânia e me deixaram o apartamento. Para cobrir os custos e ganhar alguma coisa, aluguei um quarto ao meu amigo Filippo, que, sorte dele, tem emprego!

– Entendo. Faz alguma ideia sobre quem pode ter atirado?

– Nenhuma. Nenhuma mesmo.

– Tem alguma suspeita? Alguém que lhe queira mal?

– Sim, mas não a ponto de me dar um tiro.

E, aqui, Montalbano decidiu dar a cartada definitiva:

– Conhece um tal de Carmelo Catalanotti?

– Sim. Por quê?

– Foi assassinado no apartamento dele.

Nico ficou branco.

– Eu... eu não sabia – balbuciou. – Quando?

– Nós o encontramos ontem de manhã.

– Lamento. Era uma boa pessoa. Eu queria dizer que... – e se interrompeu de repente.

– Continue – incitou-o Montalbano.

E Nico prosseguiu, dizendo uma coisa que o comissário jamais esperaria.

– Eu devia dinheiro a ele. E agora, o que devo fazer?

– Mas era uma dívida de amizade, ou era...

– Não éramos amigos. Ele tinha me emprestado uma quantia a uns juros... não excessivos. Portanto, eu não o definiria como um usurário.

– Seja como for, é uma prática ilegal.

– Doutor, queira me desculpar, mas nos tempos que correm é difícil dizer o que é legal ou ilegal. Todos os dias a gente lê que justamente aqueles que deviam fazer respeitar a lei estão sendo investigados...

A essa altura, Montalbano cortou:
— Lamento, mas não tenho dúvidas. Eu sei o que está fora ou dentro da lei. A usura é ilegal.

O jovem não replicou. Aquela admissão da dívida podia ser tanto um movimento espertíssimo quanto ingênuo. Por conseguinte, o comissário decidiu continuar o interrogatório, mas não teve tempo, porque a porta se abriu e entrou Margherita, seguida por um enfermeiro, o qual disse:
— Tenho que levar o paciente de volta à enfermaria.

E, num piscar de olhos, Nico foi levado para fora.

Margherita estava prestes a ir atrás, quando Montalbano a deteve.
— Pode ficar um instantinho?
— Claro — concordou a moça.

Ouviu-se a voz de Nico, o qual já estava no corredor.
— Mas não demore, Margherì.
— Sente-se — disse o comissário.

Margherita se instalou numa cadeira.
— Como é seu nome todo?
— Margherita Lo Bello.
— É daqui mesmo?
— Nasci em Messina, mas minha família se mudou para Vigàta quando eu tinha três anos.
— Conhece Nico há muito tempo?

A garota o encarou.
— Desculpe, mas por que me faz essa pergunta?
— Simples: não tive tempo de perguntar a Nico, e por isso me dirijo à senhorita. Há quanto tempo são namorados?
— Dois anos — respondeu a loura.
— E desde quando vivem juntos?
— Há três dias.
— E por que somente há três dias?

A moça exibiu um sorrisinho amargo.
– Tive uma briga feia com papai. Ele praticamente me expulsou de casa.
– Posso saber o motivo dessa briga?
– Eu preferiria não dizer.
– A senhorita trabalha?
– Sou formada em matemática. Me arranjo com aulas particulares. Espero encontrar logo um emprego estável. Nico e eu estamos fazendo o possível para descobrir um jeito de sobreviver melhor...
– Pretendem se casar? – perguntou Montalbano.
– Não sou otimista, comissário. Eu com as aulas particulares e Nico descarregando caixotes no porto, como podemos garantir algo para nós mesmos e, quem sabe, os filhos...?
– Sim, mas viver junto não é praticamente um casamento?
– Comissário, eu fui obrigada a ir morar com Nico. Se fosse por mim, preferiria esperar até poder me casar.
Montalbano simpatizou bastante com essa garota de outros tempos.
– Me fale do tiro.
– Eu pretendia me debruçar da sacada para me despedir de Nico, mas, quando estava prestes a fazer isso, o interfone tocou. Era ele, pedindo ajuda. Gritei, Filippo acordou, e eu desci.
A jovem se interrompeu e fitou o comissário:
– O senhor sabe quem é Filippo?
– Sei.
– Quando Filippo chegou ao portão, pedi que fosse buscar a chave do carro dele, e logo em seguida levamos Nico para o hospital.
– Ou seja, a senhorita também não ouviu o tiro?
– Não.
– E não viu ninguém?

— Ninguém.
— Faz ideia de quem possa ter sido?

Margherita mostrou uma levíssima hesitação, que não escapou ao comissário nem a Fazio.

— Não. Não faço ideia.
— Era só isso. Muito obrigado — encerrou Montalbano.

Enquanto percorriam o corredor do hospital, o comissário perguntou a Fazio:

— Pra você também ficou claro que Margherita não contou a missa toda?

— Sim — disse o agente.

— Portanto, quero saber tudo sobre essa família Lo Bello, e procure descobrir o motivo da briga entre pai e filha. Agora estou indo para Marinella.

Nem estava com muita fome, continuava sentindo todo aquele fedor hospitalar grudado na pele. Então, sua primeira providência foi tomar um banho, terminado o qual o apetite surgiu, imperioso.

Correu a abrir a geladeira e encontrou, acondicionada sob papel de alumínio, uma cheirosíssima salada de frutos do mar: camarões, lulas e polvinhos, além de aipo. Adelina havia se rendido ao bilhetinho de Livia e eliminado o pão. Por conseguinte, Montalbano foi obrigado a usar a colher para comer o molhinho que restava no prato.

Ao terminar, olhou o relógio. Passava das nove.

Ocorreu-lhe uma ideia: era possível que a Trinacriarte houvesse organizado para aquela noite uma homenagem ao pobre Catalanotti. Então, por que não dar um pulinho até lá?

Assim que entrou no carro, todo o cansaço e o sono atrasado lhe despencaram em cima, quase derrubando-o.

Sentiu uma vontade imediata de voltar para casa e se deitar, mas o senso de dever levou a melhor.

Ligou o motor e partiu.

Somente depois de dez minutos rodando deu-se conta de que não tinha a mínima ideia de onde ficava a via Lombardo. Estava completamente atordoado pela noite maldormida.

Depois viu um cartaz que anunciava a iminente inauguração de um novo centro comercial justamente na via Lombardo. Embaixo, uma seta indicava seguir em linha reta. Montalbano obedeceu. Cem metros adiante, outra seta mandava entrar à direita. Ele entrou. E assim, de seta em seta, viu-se fora do vilarejo, na estrada para Montereale. E aqui finalmente percebeu, à esquerda, a placa da via Lombardo. Do anunciado centro comercial existia somente uma espécie de esqueleto de cimento. Pelo jeito, a iminente inauguração demoraria pelo menos dois ou três anos.

Ao número 15 correspondia um galpão, com portão blindado. Ele parou e desceu.

À luz dos faróis do carro, porque ao redor a escuridão era total, percebeu que ao lado do portão havia uma campainha e uma placa que dizia: Trinacriarte.

Tocou. Não veio nenhuma resposta.

Antes de tocar outra vez, esperou um pouco. O galpão era grande, talvez fosse demorado para alguém chegar até o portão.

Dois ou três minutos depois, apertou novamente a campainha. E, novamente, não obteve resposta.

Convenceu-se então de que lá dentro não havia ninguém. Talvez tivessem cancelado os ensaios naquela noite, em sinal de luto.

Afinal, resolveu ir embora. Mas, assim que fechou a porta do carro, viu alguém sair do galpão. Desembarcou novamente e logo foi interpelado pelo homem que se plantou à sua frente:

— Quem é o senhor? O que deseja?

— Sou o comissário Montalbano.

— Ah, desculpe. Por favor, fique à vontade — disse o homem, abrindo caminho.

Entraram. Montalbano se viu numa espécie de antessala obtida com velhos biombos, provavelmente chineses falsificados.

O homem, um sessentão todo luzidio do crânio inteiramente careca até o bico dos sapatos, estendeu-lhe a mão.

— Sou o advogado Antonio Scimè, da diretoria da Trinacriarte. Posso lhe ser útil em alguma coisa?

— Eu não gostaria de atrapalhar os ensaios... — respondeu Montalbano, um pouquinho encabulado.

— Não, imagine. Hoje não trabalhamos, estamos organizando as cerimônias pelo nosso amigo Carmelo.

— O funeral?... — perguntou Montalbano.

— Não, não haverá. Carmelo sempre expressou sua vontade de não ter funerais religiosos. Se o senhor quiser se sentar...

— Claro — respondeu o comissário e, enquanto o acompanhava, ocorreu-lhe que devia telefonar a Pasquano para saber o resultado da autópsia.

No interior do galpão havia sido montada uma plateia com cerca de cinquenta lugares, nos quais ele viu umas dez pessoas sentadas. No estrado que servia de palco estavam instalados, atrás de uma mesa comprida, duas mulheres e três homens, um dos quais era o engenheiro Lo Savio. Este, assim que reconheceu o comissário, apressou-se a lhe apertar a mão, e em seguida o convidou a subir ao palco e sentar-se onde preferisse. As duas mulheres lhe foram apresentadas como a sra. Elena Saponaro, integrante da diretoria, e Giovanna Zicari, primeira atriz; os outros dois homens eram Filiberto Vulli, primeiro ator, e Calogero Gianturco, administrador da companhia.

Naturalmente, assim que Montalbano se acomodou, instalando-se no último lugar da fileira, caiu um silêncio, porque ninguém sabia por onde começar.

Pouco depois, Lo Savio se levantou e tomou a palavra.

– Estamos aqui reunidos para decidir de que maneira podemos homenagear dignamente nosso grande amigo, tragicamente desaparecido.

A primeira atriz o interrompeu, levantando-se também.

– Creio que nenhuma palavra, nenhum canto, nenhum hino no mundo estará à altura dos méritos desse amigo, grande encenador e imenso homem, de quem eu gostaria de enumerar...

Nesse instante uma voz feminina brotou do público:

– Vamos parar com esta palhaçada!

Quem havia falado era uma jovem sentada na plateia e que agora estava de pé. Montalbano a reconheceu de imediato. Era a Maria da foto na pasta de Catalanotti.

– Palhaçada por quê? – inquiriu-a Scimè, em tom polêmico.

– Porque – prosseguiu a jovem, cada vez mais agitada – vocês nunca apreciaram Carmelo pelo que ele valia, sempre o consideraram estranho demais...

– É verdade! – exclamou, ainda da plateia, um varapau magérrimo.

– Agora chega! Nós demos todas as possibilidades que ele queria, mas nada o deixava satisfeito – cortou Scimè.

A garota retomou a palavra:

– A melhor homenagem que vocês podem fazer é o silêncio.

Em seguida, virou as costas e saiu da sala.

Na mudez geral que se seguiu à saída de Maria, só se ouviu a voz de Montalbano:

– Desculpem, mas quem é ela?

De novo, foi Scimè quem respondeu:

– Maria del Castello. Uma jovem que esperava trabalhar com Carmelo. Talvez ele a incluísse na peça que estava preparando.

Montalbano prosseguiu:

– Desculpem a interrupção, eu não gostaria de fazê-los perder tempo, mas vim aqui somente para pedir o nome, endereço e possivelmente número de telefone de todos os que fazem parte desta companhia.

A primeira atriz, claramente aborrecida com todas aquelas interrupções, sentou-se meio de banda em sua cadeira, virando as costas ao público, e o mesmo fez o engenheiro. A resposta veio do advogado Scimè:

– Se é por isso, não há problema. Eu mesmo posso levar todas essas informações ao comissariado, amanhã de manhã.

– Tudo bem – aceitou Montalbano. – Eu lhe agradeço. Mais uma vez, desculpem o incômodo. Deixo os senhores com seu trabalho.

Apertou a mão de todos e, acompanhado pelo engenheiro Lo Savio, saiu do galpão.

Entrou no carro. Partiu e, à luz dos faróis, reconheceu Maria.

A moça caminhava em passos rápidos e fechada sobre si mesma, com os ombros quase curvados. Montalbano ladeou-a e parou.

# 7

— Posso lhe dar uma carona?
— Não — disse ela, sem se voltar.
— Eu sou o comissário Montalbano.
Então a jovem olhou para ele:
— Aceito — respondeu. — Obrigada.
Montalbano abriu a porta e ela subiu.
— Onde devo deixá-la?
A jovem deu o endereço. Era uma rua que o comissário conhecia.
— A senhorita trabalhou com Catalanotti?
— Eu esperava isso, mas...
— Continue, o assunto me interessa.
— Carmelo me submeteu, como sempre fazia, a experiências duríssimas. Resisti porque aquele papel me agradava muito, eu queria que fosse meu, só que no final ele concluiu que eu seria incapaz de enfrentá-lo, e assim tudo acabou. Mas isso não me impede de reconhecer sua genialidade. Na companhia, ninguém chegava ao nível dele. Não passam de uns diletantes.

– Como a senhorita reagiu à sua dispensa?
– Não posso dizer que fiquei feliz, mas acabei me resignando. Pronto, chegamos – disse Maria, descendo do carro e cortando a conversa. – Obrigada e boa noite.
– Pode me dar seu celular, para qualquer necessidade?
A jovem informou o número, Montalbano o salvou, e os dois se despediram.

Catalanotti havia escrito certo, pensou o comissário, ao reiniciar o trajeto: Maria tinha um temperamento imprevisível. A esta altura, o ataque de sono que lhe despencou em cima o obrigou a estacionar. Um instante depois, ele dormia com a cabeça pousada nas mãos, e estas, por sua vez, apoiadas no volante.

*Era a hora em que, à primeira e escassa luz violeta, o céu saúda a terra, quando o gari Totò Panzeca, varre que varre, se viu perto de um carro parado justamente ao pé da escadaria da igreja matriz, onde era proibidíssimo estacionar.*

*Resolveu olhar o interior e viu que os dois assentos dianteiros estavam ocupados por um homem encaixado entre as duas portas, em posição fetal. A cara não dava pra ver, porque o braço esquerdo estava dobrado sobre a cabeça.*

*Totò bateu no vidro, para acordar o homem deitado.*

*Não teve nenhuma resposta. O homem não se mexeu. Totò tentou de novo, sem obter resultado. Então, um pouquinho impressionado, chamou em voz alta seu colega Ninì Panaro, que trabalhava a uns dez passos de distância.*

*– Olhe aí dentro – disse Totò, assim que Ninì se aproximou.*

*– O que tem? É um cara dormindo.*

*– Pois tente acordar ele! – desafiou-o Totò.*

*– Claro que vou tentar – retrucou o outro. E, com a vassoura que trazia, deu uma forte pancada no teto do veículo.*

*O homem não se mexeu.*

*– Vai ver está morto! – exclamou Ninì, tentando, com as duas mãos, forçar a porta.*

*E foi nesse ponto que Totò, afastando-se às carreiras, gritou:*
*– Cuidado!*
*– O que deu em você?*
*– É capaz de ser um terrorista num carro-bomba!*

*Foi como usar palavras mágicas. Num abrir e fechar de olhos, os dois, pálidos e trêmulos, caíram nos braços um do outro.*
*– E agora, o que a gente faz? – perguntou Totò.*
*– Vamos chamar os carabinieri.*

Dez minutos depois, chegou correndo o sargento Bonnici, seguido por um cabo. Imediatamente, Totò e Ninì informaram o problema ao sargento.

Lentamente, com toda a cautela, Bonnici se aproximou do veículo, mantendo a cabeça encaixada nos ombros como se esperasse de um momento para outro um tiro de pistola. A dois passos do carro, parou e se inclinou todo para diante, a fim de olhar. E também se convenceu de que o homem estava morto.

Recuou. Foi ao encontro dos três e disse:
– É claro que se trata de uma cilada. Esse morto foi colocado ali para chamar a atenção. Assim que alguém tentar abrir a porta, o carro sobe pelos ares. Vocês ficam aqui e mantêm as pessoas afastadas. Eu vou ligar imediatamente para Montelusa, pedindo que mandem os especialistas em explosivos.

Enquanto o sargento se afastava às pressas, o padre Stanzillà abriu o portão da igreja para a missa das seis e em seguida desceu alguns degraus a fim de tomar um pouco de ar.

– Fora daí! Fora daí! Fora daí! – bradou o cabo, seguido pelo coro dos garis:

– *Corre! Corre! Corre!*
*Padre Stanzillà olhou para eles, atordoado.*
– *Mas por quê?*
– *Porque dentro deste carro tem uma bomba!*
*Apesar do aviso, o padre Stanzillà desceu mais dois degraus e, quando chegou à altura do carro, disse:*
– *Mas tem também um cristão!*
– *Está morto! Está morto! – respondeu o coro, aos berros.*
*Então o padre Stanzillà se assustou, virou as costas, subiu correndo os degraus, entrou na igreja e, com um grande estrondo, fechou o portão.*
*Como se fosse de propósito, bem nesse momento chegou uma caminhonete carregada de peixes, a qual parou a pouca distância do automóvel, e do alto-falante brotou uma voz que acordava o vilarejo inteiro:*
– *Vejam como dançam os meus peixes! Tão vivos e frescos eles estão, que até dançam!*
*O cabo se precipitou para a caminhonete.*
– *Fora daí! Fora daí!*
– *Eu tenho licença – disse o peixeiro, mostrando um papel.*
– *Fora daí! Fora daí, porque neste carro tem uma bomba! – gritou o cabo.*
*A caminhonete saltou para diante, parecia estar numa corrida em Indianápolis enquanto do alto-falante, que o peixeiro não tinha desligado, ressoava um poderoso palavrão.*
*Foi então que se abriu a porta do automóvel e apareceu o homem que todos acreditavam morto.*
*Enquanto os dois garis fugiam apavorados, o cabo não teve um minuto de hesitação. Empunhou o revólver e intimou:*
– *Mãos ao alto!*

Montalbano, que ainda estava meio dormindo, teve a impressão de continuar sonhando e, instintivamente, levantou os braços, pensando:

"Tudo bem, daqui a pouco eu acordo..."

O cabo se aproximou, sempre mantendo-o sob pontaria, e, com enorme surpresa, o reconheceu:

– Mas o senhor não é o comissário Montalbano?

Este não teve nem tempo de responder "sim" quando se ouviu a gritaria de um homem que chegava desabalado.

– Minha Nossenhora! Mãe Santíssima! O que foi? O que foi? Por que o *carabiniere* está apontando a arma contra o meu comissário?

Era Catarella, que se plantou com todo o corpo diante de Montalbano, expondo-se como alvo ao cabo. Este, por via das dúvidas, continuava apontando o revólver. Todos estavam imóveis. Parecia uma imagem congelada de um filme de Tarantino. A essa altura, chegou Bonnici, correndo.

– O especialista em explosivos já saiu, está prestes a... – e estancou, de repente, boquiaberto, fitando Montalbano.

Quando finalmente chegou a Marinella, o comissário, ao descer do carro, compreendeu que a noite passada naquela posição incômoda havia deixado suas pernas tão rígidas quanto dois pedaços de pau. Já começou a praguejar no momento em que abria a porta de casa. Maldita velhice!

Alcançou, como Deus quis, a sala de jantar. Apoiou-se à mesa com as duas mãos e iniciou uma espécie de ginástica, alongando para trás a perna direita, primeiro, e depois a esquerda, como um jumento dando coices.

Depois de uns dez minutos desse exercício, sentiu que as pernas já não eram pedaços de pau. Então ficou pelado e se meteu embaixo do chuveiro.

Em seguida, tendo começado a relaxar, saiu do chuveiro, nuzinho como estava, preparou a xícrona de café e voltou para o banho.

Em suma, precisou de mais de uma hora para que seu corpo recuperasse todas as funções. Mas, a essa altura, ocorreu outro fenômeno, certamente resultante da idade: deu-lhe novamente um tremendo sono.

Então pegou o telefone e ligou para Catarella.

– Tenho umas coisas a fazer aqui em Marinella. Avise a todo mundo que eu chego ao comissariado lá pelas onze.

E foi se deitar.

Justamente enquanto estacionava, viu o advogado Scimè sair do comissariado. Desceu do carro e o chamou;

– Bom dia, doutor, desculpe minha demora, mas é que...

– Eu soube, eu soube – disse o advogado.

– Queira desculpar, soube o quê? – perguntou Montalbano, espantado.

– O que lhe aconteceu hoje de manhã. Ao que parece, acharam que o senhor era um terrorista. O vilarejo inteiro está rindo disso.

Montalbano se emputeceu e mudou de assunto.

– Trouxe os documentos?

– Sim. Infelizmente, agora preciso ir correndo ao tribunal, em Montelusa. Deixei tudo com o agente de plantão. Na capa está escrito Trinacriarte. Seja como for, continuo à disposição para todos os esclarecimentos dos quais o senhor possa necessitar.

Trocaram um aperto de mãos e Montalbano entrou. E foi imediatamente parado por Catarella.

– Ah, dotor, dotor! Já se recuperou? Tá se sentindo bem, agora? Mãe do Céu, que pavor que me deu hoje de manhãzinha! Mãe do Céu, que pavor!

Sem a menor vontade de escutar as lamentações de Catarella, Montalbano cortou:

– Me passe os documentos que o advogado Scimè deixou com você.

Catarella se abaixou e estendeu a ele uma pasta.

Montalbano pegou-a e começou a andar em direção à sua sala. No meio do caminho, topou com o agente Cumella, o qual olhou para ele e começou a rir. A encarada fulminante do comissário o levou a ficar sério de repente.

Assim que entrou em sua sala, Montalbano fechou a porta com chave, jogou a pasta sobre a escrivaninha e começou a passear para lá e para cá, praguejando. Precisava desafogar todo o nervoso que o invadia. Seria possível que naquele maldito vilarejo não caísse um cabelo da cabeça de um infeliz sem que todo mundo viesse a saber?

Abriu a janela, acendeu um cigarro, fumou-o, fechou de volta, sentou-se, pegou a pasta.

O advogado Scimè havia feito um bom trabalho.

À primeira vista, constatava-se que os componentes da Trinacriarte se dividiam em três categorias: sócios, inscritos e colaboradores. O primeiro nome na categoria sócios era o do pobre Catalanotti, ao lado do qual Scimè havia tomado o cuidado de colocar uma pequena cruz. Logo após vinham os nomes do próprio Scimè e da gerente de banco Elena Saponaro, os quais, junto com Catalanotti, integravam a diretoria. Seguiam-se o da primeira atriz, o do primeiro ator e o do administrador. Na outra lista, mais substanciosa, apareciam os nomes dos inscritos: seis atores homens, entre os quais o engenheiro Lo Savio, e seis atrizes.

Por fim, na última categoria, constavam os colaboradores: costureira, ponto, iluminador, eletricista, cenógrafo, figurinista, maquinista chefe... em suma, pessoal técnico, num total de sete pessoas.

Na folha seguinte, Scimè havia especificado a diferença entre as três categorias. Os sócios eram uma espécie de produtores: buscavam financiadores, arcavam com as despesas de cada encenação e recebiam os eventuais rendimentos. Os inscritos trabalhavam de graça e tinham direito a uma diária, em caso de turnê. Já os técnicos eram remunerados de acordo com o mínimo sindical.

Scimè também tinha feito questão de esclarecer que cabia à diretoria determinar quais obras seriam encenadas, quais atores participariam delas e quem seria encarregado, a cada vez, da cenografia e dos figurinos.

De todos os nomes presentes nas três categorias, o diligentíssimo advogado havia escrito o endereço e o número de telefone.

Montalbano tinha começado a ler o papel desde o início, para ver os endereços, quando ouviu baterem à porta.

– Entre – disse.

A porta foi empurrada, mas não se abriu.

Ele então se lembrou de que havia fechado com chave.

Levantou-se, foi abrir e se viu diante de Fazio.

De imediato, o comissário lhe ficou agradecido, porque o outro não exibia nenhum sorriso de gozação.

Sentaram-se, como de hábito, e Fazio entrou logo no assunto.

– Doutor, eu soube algumas coisas sobre a família Lo Bello.

– Diga.

– Parece que a briga, depois da qual a garota, segundo nos disse, precisou se mudar, foi muito séria. Uma vizinha me contou que o próprio pai botou a filha pra fora de casa, no meio do bate-boca, e trancou o portão. Enquanto a moça chorava na rua, desesperada, o pai atirava da sacada os vestidos dela, calcinhas, sutiãs, sapatos, e no final jogou inclusive uma mala

grande, vazia, e gritou: "Não apareça mais na minha frente!".
A sra. Nunziata, a vizinha, me disse que a essa altura ela mesma saiu e foi consolar a moça. Levou a coitadinha para sua própria casa, recolheu tudo o que o pai havia jogado na rua e conseguiu acalmá-la um pouco. Depois a moça telefonou ao namorado, que chegou correndo, uns dez minutos depois, e em seguida os dois pegaram a mala e saíram.

– Uma bela cena de outros tempos – comentou Montalbano.

– E tem coisa pior – disse Fazio. – Parece que o sr. Tano Lo Bello costuma empregar modos violentos com a família. A mesma sra. Nunziata me disse que inclusive, uns dois meses atrás, foi preciso intervir porque Lo Bello estava espancando a esposa. Ao que parece, mas não sei se é verdade, ele foi convocado pelos *carabinieri* por causa do comportamento.

– Mas, especialmente, ele reprova a filha por quê? Você conseguiu descobrir?

– Reprova o longo namoro com um rapaz que, segundo ele, não tem vontade de fazer nada.

– Mas se o pobre garoto até se dispõe a descarregar caixotes de peixe... – objetou Montalbano.

– Pois é, mas o sr. Lo Bello não pensa assim.

– Afinal, qual é a profissão desse sujeito?

– Teoricamente, seria funcionário municipal.

– Por que teoricamente?

– Porque, ao que parece, pertence àquela categoria de funcionários que vão trabalhar por turnos e batem o ponto igualmente por turno, uma vez um pelo outro, outra vez o outro pelo um.

– E, no resto do tempo, o que ele faz?

– Vai a uma sala de jogos para uma partidinha de videopôquer.

— Margherita é filha única?

— Não, senhor. Ela tem um irmão mais velho, Gaspare, que é casado, tem um filhinho de um ano, e moram todos na casa de Lo Bello.

— Esse Gaspare trabalha?

— Acaba de ser demitido, infelizmente.

— Tudo bem — concluiu o comissário. — Me faça o enorme favor de não perder de vista esse Lo Bello.

— Pode deixar — disse Fazio.

— E sobre as outras pessoas, o que você me conta?

— Nada, doutor, ainda não tive tempo de começar a fazer perguntas.

— Me faz outro favor?

— Disponha, doutor.

— Levante-se, saia da sala, feche a porta, espere uns segundos, abra de volta, entre e feche a porta de novo.

— Por que tudo isso?

— Depois eu explico.

Fazio se levantou e fez exatamente o que Montalbano havia pedido.

— Pare aí! — intimou-o Montalbano, assim que o outro entrou. — Agora me diga exatamente em qual parte da perna Nico foi ferido.

— Na panturrilha esquerda.

— Determinaram de qual direção veio o tiro?

— Sim, doutor. Frontal.

— Ótimo, agora venha se sentar. Reflita atentamente, antes de responder: me diga o que seus olhos viram quando você abriu a porta.

Fazio pensou um instantinho.

— Vi vossenhoria atrás da escrivaninha, até a altura do retrato do presidente da República.

– Tente fazer mais um pequeno esforço: você me olhou voluntariamente no momento de entrar?
– Não, doutor.
– Topa dar um passeio comigo?
– Claro.
– Vamos no seu carro – disse o comissário.
– Pra onde?
– Pra onde moram Nico e a namorada.

A via Pignatelli era longa e estreita, praticamente não havia onde parar, de modo que Fazio precisou percorrê-la quase toda até poder estacionar. Os dois desceram do carro e refizeram a pé o trajeto.
No número 57, havia um portãozinho fechado.
– Nico mora aqui. No primeiro andar – informou Fazio.
Era um prediozinho de dois pisos.
– Sabe quem mora no segundo?
– Está vazio, doutor.
De fato, só então o comissário percebeu um cartaz que dizia: "Vende-se". Bem em frente, do outro lado da rua, ficava um armarinho, em cuja porta abaixada se lia: "Aluga-se". À esquerda deste, um açougue, também com o anúncio: "Aluga-se". À direita, outro portãozinho fechado.
O imóvel em frente exibia ainda duas janelas com grade, à esquerda, e duas exatamente iguais, à direita.
– Agora, venha comigo – disse Montalbano.
Deu alguns passos e se deteve com as costas apoiadas no portão do número 57. Fazio se plantou ao lado dele.
– Faça de conta que está saindo daqui. O que você vê?
– O portão de enrolar do armarinho – respondeu Fazio.
– E com o rabo do olho?

– Chego até as janelas.
– Agora, dirija levemente o olhar para a esquerda. O que vê?
– O início do prédio que fica ao lado.
– Agora, mire à direita.
– Mesma coisa, o outro prédio.
– Em consequência?
– Em consequência – completou Fazio –, Nico forçosamente deve ter visto quem estava atirando nele. E quando o reconheceu se virou, não para fechar o portão, mas na tentativa de entrar de volta. Acertei?
– Acertou – respondeu o comissário. – E essa é a parte da missa que Nico não quis nos contar.
– E agora, qual será nossa próxima iniciativa?
– Eu lhe digo mais tarde. Por enquanto, me deixe no Enzo.

Havia pouca gente na trattoria, de modo que Enzo se apresentou quase imediatamente.
– Vai querer uns *antipasti di mari*? Estão fresquíssimos.
– Bom, façamos este sacrifício – brincou o comissário.
Enzo já ia se afastando quando de repente se deteve e se debruçou para Montalbano, apoiando as mãos sobre a mesa.
Então perguntou em voz baixa:
– Pode me dizer em que ponto estão as investigações sobre o assassinato de Catalanotti?
Montalbano se espantou:
– Por quê? Você o conhecia?
– Sim, doutor, era um cliente.
– Mesmo?
– Sim, vinha comer aqui, de uns três meses pra cá. Sempre à noite.

– Quer ver como eu acerto, se lhe disser em que noites ele vinha?

– Diga.

– Terça, quinta e sábado.

– Acertou – respondeu Enzo. – Mas vossenhoria já sabia?

– Não. Me diga outra coisa: ele vinha sozinho?

– Não senhor, doutor, estava sempre acompanhado pela mesma mulher: uma quarentona toda embonecada, loura e sempre muito pernóstica. Era uma tremenda chata, um fenomenal pé no saco, doutor. Nunca aprovava um prato: uma vez estava cozido demais, outra vez estava muito cru...

– E com Catalanotti, como se comportava?

– Lembro que uma noite ligaram pra cá pedindo para falar com ele. Quando o doutor voltou à mesa, a mulher quase despencou em cima dele e armou uma confusão. "Como sabem que você está aqui? A quem você disse que vínhamos jantar neste restaurante?"

– E ele?

– E ele, coitado, confuso, tentando dizer que aquilo não tinha importância. Mas não houve jeito, a certa altura a mulher, sempre aos berros, se levantou, foi embora e o deixou na mão. O pobre Catalanotti, antes de se sentar de novo, se sentiu no dever de pedir desculpas aos outros clientes do restaurante pelo estardalhaço que ela tinha aprontado.

– Depois disso, voltaram a comer aqui?

– Pode apostar! Dois dias depois, estavam tranquilos, tranquilos, na mesa deles.

– E você sabe como se chama essa loura?

– Não senhor, doutor. Lamento, mas não tenho como ajudá-lo nisso. Aqui dentro nunca a vi ser cumprimentada por ninguém a quem eu pudesse perguntar.

– Chegou a notar se eles vinham em dois carros, ou num só?

– Acho que vinham num só carro.

– Por quê? Como é que você sabe?

– Porque, na noite do escândalo, Catalanotti pediu que eu chamasse um táxi para levá-lo para casa.

Quando Enzo se afastou, Montalbano calculou que a trattoria era bem distante da casa de Catalanotti, situada até mesmo no lado oposto do vilarejo. E também ficava longe do barracão onde a Trinacriarte fazia os ensaios.

Portanto, devia tratar-se de uma relação secreta, tanto que nem o porteiro nem a empregada haviam sabido informar aonde Catalanotti ia nas noites de terça, quinta e sábado.

A refeição foi satisfatória e substanciosa; por conseguinte, a caminhada até a ponta do quebra-mar foi lenta e meditativa.

Montalbano se sentou no recife plano, e o caranguejo de sempre, assim que o viu chegar, se escondeu embaixo d'água. Via-se que não estava com vontade de conversar.

As informações dadas por Enzo acrescentavam uma nova complicação ao quadro geral: agora, também havia no meio uma mulher misteriosa.

Portanto, segundo mandava a tradição, talvez fosse preciso começar pelo imperativo categórico: *cherchez la femme*.

# 8

Acabava de se sentar quando Mimì Augello entrou, de cara fechada, e, sem dizer uma palavra, se instalou na cadeira diante da escrivaninha.
— Bons olhos o vejam! — disse o comissário.
Mimì reagiu irritado.
— Desde ontem estou às voltas com as investigações.
— Quais? — perguntou Montalbano, em tom irônico.
— Sobre o nosso morto.
— Seu, Mimì. O morto é todo seu.
— Certo, certo. O fato é que não consigo mais dormir. Não entendo onde podem tê-lo escondido. Por que ainda não apareceu?
— E o que você fez?
— Preste atenção: cheguei inclusive a ir ao porto para perguntar aos pescadores se haviam visto no mar um cadáver de calça, paletó e sapatos. Eles me responderam que recolhem e levam para a margem todos os mortos que encontram no mar, bem-vestidos ou não. Depois eu soube que em Fela

haviam achado o corpo de um homem assassinado. Fui até lá, e não era ele.

— Pare aí – interrompeu Montalbano. – Como você pode dizer que não era ele, se, quando o encontrou no apartamento, mal o tocou?

— Pois foi o suficiente. Os sapatos do noss... do meu morto eram elegantes. O morto de Fela estava com umas botinas de camponês, a calça era de algodão cotelê, ao passo que a do outro era de bom tecido... isso não basta?

— Escute, Mimì, não esquente a cabeça. Não perca o sono. Tenha certeza de que, mais cedo ou mais tarde, esse seu morto aparece. Até lá, preciso lhe pedir uma mãozinha para a outra investigação.

— Às ordens.

— Começo informando que esse Catalanotti era um usurário médio.

— Médio, como assim? – interrompeu Augello.

— Emprestava dinheiro a juros não muito altos. Também era proprietário de lojas e apartamentos, ator e encenador numa companhia de teatro amador de cuja direção fazia parte, e também se divertia bancando o psicólogo.

— E o que você quer de mim?

— Às terças, quintas e sábados, Catalanotti costumava ir jantar no Enzo acompanhado de uma quarentona loura, toda arrumada, e de mau gênio.

— Bom, e daí? – inquiriu Augello.

— Imaginei que você é a pessoa mais indicada para descobrir quem é essa mulher.

De imediato, Mimì exibiu uma expressão mais relaxada e deu um sorrisinho.

— Bem, posso tentar – disse. Um instante depois, acrescentou: – Se ele era ator e encenador, a primeira coisa a fazer é procurar entre as atrizes da companhia.

— Tenho a lista aqui – informou Montalbano, passando a ele a pasta de Scimè.

Mimì a recebeu, abriu-a e em seguida pegou uma folha de papel, na qual anotou os nomes e os endereços das oito atrizes.

Ao terminar, levantou-se:

— Logo darei notícias a você.

Como se tivessem combinado um revezamento, Mimì empurrava a porta para sair, enquanto Fazio a mantinha aberta para entrar.

— Novidades?

— Antes, preciso perguntar ao senhor uma coisa: de quanto era a dívida de Sciacchitano com Catalanotti?

"E quem é esse Sciacchitano?", pensou Montalbano. Depois, com certo esforço, lembrou-se do registro dos empréstimos de Catalanotti, do qual constavam os nomes desse indivíduo e o de uma mulher, os quais ainda não tinham restituído o dinheiro.

— Não recordo bem... – disse o comissário – ... mas acho que era uma quantia baixa, talvez entre dois mil e três mil euros.

Fazio fez uma observação inteligente.

— Quantia baixa depende do ponto de vista, doutor.

— Explique-se.

— Esse Sciacchitano é um cinquentão que tem ficha suja por pancadaria, agressões a mão armada e por aí vai. Sobrevive vendendo velharias roubadas e mora num barraco quase fora do vilarejo. Para ele, dois mil ou três mil euros são uma quantia bem grande.

— Tem razão. Bem, vamos convocá-lo ao comissariado?

— Não será preciso, doutor.

— Por quê?

— Porque eu mesmo fui procurá-lo.

— E que mais? Pra você continuar, preciso lhe arrancar as palavras a fórceps?

— Não, doutor. O fato é que o tal Sciacchitano está internado num hospital há uma semana. Segundo me disse a mulher dele, está mais pra lá do que pra cá.

Montalbano abriu os braços, decepcionado, e depois perguntou:

— E o que você me diz do outro devedor, aliás devedora? Era uma mulher.

— Certo. Chama-se Saveria di Donato. Ainda não tive tempo. Tenha paciência, me dê até amanhã.

E Fazio também saiu.

Montalbano foi fumar um cigarro. Sentou-se de volta e ligou para Scimè.

— Desculpe o incômodo, sr. advogado, aqui é Montalbano.

— Que prazer, comissário! Muitíssimo obrigado por me telefonar.

— Obrigado por quê? Quem ligou fui eu, e na verdade teria um favor a lhe pedir...

— Comissário, eu estava torcendo para que o senhor se manifestasse. Preciso lhe falar.

Montalbano permaneceu em silêncio. O advogado continuou:

— Eu estava prestes a chamá-lo, acredite. Estou muito abalado pela morte do meu amigo. Há muitas perguntas às quais não consigo dar respostas...

Montalbano, que se encontrava na mesma situação de Scimè, perguntou:

— E por conseguinte...?

— Por conseguinte, podemos nos ver? — pediu o advogado.

— Claro. Quando?

— Hoje à noite? Depois do jantar?

O comissário não podia esperar ideia melhor: assim, poderia fazer sua comilançazinha sem problemas.

– Perfeito. Quer vir ao comissariado?

– Como queira. Ou então, se não quisermos ser incomodados, podemos ir à sede. Lá não encontraremos ninguém.

Esse homem parecia ler o pensamento dele.

– Perfeito. Às vinte e uma e trinta, na Trinacriarte.

– Obrigado, muitíssimo obrigado – disse Scimè.

– Imagine, eu é que agradeço – respondeu o comissário, e desligou.

Ele nunca soube se foi o comissário Montalbano que precisava de uma informação relativa à investigação, ou se foi o homem Salvo que sentia uma enorme vontade de ouvir a voz da moça.

– Oi, Antonia, Montalbano. Estou incomodando?

– Não. Pode falar.

Um instante de silêncio.

– Pois é... eu queria lhe perguntar... afinal, o celular de Catalanotti está com a perícia?

– Não. Se nós o tivéssemos achado, você saberia. Tanto é que lhe deixamos o computador, para você poder investigar nele.

– Portanto, em sua opinião, onde pode estar o celular?

– Evidentemente, o assassino levou. Mais alguma coisa?

Dois instantes de silêncio.

– Por enquanto... – balbuciou Montalbano.

– Então, até mais ver – disse Antonia, encerrando o telefonema.

Nossa Senhora, como era antipática!

Foi somente para incomodá-la um pouco mais que Montalbano ligou de novo.

– Desculpe, Antonia, uma última pergunta...

Na resposta da moça houve um leve tom de condescendência.

– Diga.

– Afinal, você conseguiu digerir aquela ricota?

E, finalmente, ela riu!

– Ora, não me faça perder tempo.

E desligou.

Mas Montalbano registrou um ponto a seu favor: um pouquinho da antipatia desaparecera da voz de Antonia. Porém não tinha desaparecido, pelo contrário, tinha aumentado, aquela estranha sensação dele na boca do estômago.

Voltou logo para Marinella.

Desta vez, Adelina, desobedecendo às instruções de Livia, havia feito para ele uma maravilhosa, refinadíssima, quase celestial *pasta 'ncasciata*.\*

A noite estava um pouquinho fria, mas suportável, de modo que ele levou o prato para a varanda e traçou uma porção de *pasta* que bastaria de sobra para duas pessoas.

Tirou a mesa às pressas. Sentindo-se pesado, desceu até a praia e começou a fazer uma bela corrida à beira-mar.

Porém, menos de três minutos depois, precisou parar, porque estava superofegante e sentia que a massa lhe havia subido até o gogó.

Então voltou para casa de cabeça baixa, como se estivesse acompanhando um funeral solene no qual Livia era a mestre de cerimônias.

O advogado esperava por ele diante da porta do galpão da Trinacriarte. Depois dos cumprimentos, Scimè o conduziu até

---

\* Receita de massa ao forno siciliana, com beringela, ragu e *cacciocavallo*. (N.E.)

a coxia, onde haviam sido obtidos, sempre com tabiques de madeira, dois toaletes, quatro camarins e um escritório razoavelmente espaçoso, em cuja porta havia a tabuleta: "Direção".

Scimè puxou do bolso um molho de chaves, abriu, acendeu a luz, fez o comissário entrar e o convidou a se sentar numa cadeira diante de uma escrivaninha. Ele se instalou na cadeira em frente.

Montalbano ia abrindo a boca, mas o outro se antecipou.

– Eu lhe sou realmente grato, comissário, por ter me telefonado, porque assim me dá a possibilidade de falar da morte de Carmelo.

– Queira desculpar – interrompeu Montalbano –, mas, entre vocês, não falaram do assunto?

– Não, pois é, ficamos ocupados sobretudo com as questões práticas e não conseguimos enfrentar o fato verdadeiro, isto é, o brutal assassínio do nosso amigo.

– E como o senhor explica isso?

– Comissário, peço que tome minhas palavras por aquilo que são... impressões... sugestões... suposições...

– Pode falar, sem medo.

– Tive a sensação de que essa reticência se devia a uma espécie de suspeita recíproca. Como se cada um de nós estivesse convencido de que quem matou Carmelo foi alguém da companhia. E, portanto, a melhor coisa a fazer era não enfrentar o assunto.

– De novo, me perdoe, mas no interior da companhia havia atritos, discussões acesas entre ele e os outros?

– Claro, comissário, mas eram sobretudo questões estritamente ligadas à nossa atividade teatral, e jamais de uma tal violência que justificasse um homicídio.

– Senhor advogado, me fale delas, mesmo assim...

– Tenho algumas dúvidas...

– Por quê?
– Porque são demasiadamente... como direi... temerárias. Mas, acredite, não são infundadas. O senhor entende de teatro, comissário?
– Vi alguns espetáculos.
– Não basta. Saiba que eu me diplomei na Academia Nacional de Arte Dramática, em Roma, e por dois anos estive na companhia de Gassman.

Scimè se interrompeu, exibiu um sorrisinho e acrescentou:

– Vittorio, naturalmente. Era o período da mítica vanguarda teatral no mundo, e naqueles anos tivemos a oportunidade de ver espetáculos assombrosos, sobretudo pela presença cênica dos atores, pelo uso do corpo e pela extraordinária versatilidade da voz. Queira me perdoar se estou me delongando, mas é absolutamente necessário que eu lhe explique: o método que Carmelo criou para deixar um ator em condições de representar levava às últimas consequências todas aquelas teorias teatrais, baseando-se essencialmente nas emoções...

Montalbano o deteve.

– O engenheiro Lo Savio já me mencionou esse aspecto.

Scimè fez uma careta.

– Sim, comissário, mas veja bem, Rosario jamais quis se submeter a testes com Carmelo, portanto não passou por aquela experiência. Já eu, sim.

– Então me fale disso.

– Para começar, direi que o exame ao qual o ator era submetido não acontecia aqui, mas em lugares imprevisíveis. Por exemplo, ele me levou para um apartamento desabitado, um ambiente totalmente desconhecido para mim. Não somente: era noite, e estávamos no escuro total. Assim que entramos, Carmelo, sem me dizer uma palavra, desapareceu.

Depois de cinco minutos, comecei a chamá-lo. Mas ele não me respondia. Então comecei a me mover e tentei acender a luz. Acionei o interruptor, mas a luz não acendeu. Consegui, tateando, alcançar a porta, mas não pude abri-la, estava trancada com chave. Recordo aquela fortíssima sensação de desconforto que lentamente foi se transformando em verdadeiro pavor. Depois encontrei uma cadeira e me sentei. Então percebi um chiado estranhíssimo, como se houvesse alguma coisa rastejando sobre o piso. Imaginei, sei lá por quê, que fossem ratos se aproximando ameaçadoramente, depois escutei uns guinchos que foram ficando sempre mais fortes e não consegui conter um berro desesperado. Saltei de pé sobre a cadeira. Nesse momento, a luz se acendeu. Ao lado do interruptor estava Carmelo, que me fitava, sério. Foi logo perguntando: "Por que você gritou?". Respondi que havia imaginado... e depois não consegui falar. "Imaginou o quê???", bradou ele. "Ratos", balbuciei. "Sente-se de novo", ordenou ele, puxando também uma cadeira. Instalou-se diante de mim, e foi como o início de uma espécie de psicanálise segundo a qual aqueles ratos representavam meus terrores secretos. Ele tinha, isso eu reconheço, uma extraordinária habilidade em conseguir penetrar nos pensamentos mais recônditos e às vezes inconfessáveis. Praticamente no terceiro teste, o mais terrível de todos, que não quero sequer recordar aqui, decidi renunciar ao trabalho com ele.

Montalbano, que havia escutado com interesse a narrativa do advogado, deu um tempinho e perguntou:

– Certo, mas quais eram os atores com os quais Catalanotti preferia trabalhar?

– Quer saber, comissário? Ninguém queria mais trabalhar com ele. Esse, inclusive, foi o motivo de muitas brigas na companhia.

– E essas discussões acirradas eram com alguém em especial?
– Sim, comissário. Comigo. Tivemos tensões fortíssimas. Carmelo queria inserir em nosso grupo umas pessoas, casualmente encontradas por ele, que se demonstraram dispostas a segui-lo em sua busca. Pessoas até sem experiência teatral, que mesmo assim lhe serviam para seu espetáculo, como a tal Maria daquela noite. Nós, na companhia, éramos totalmente contrários a introduzir componentes ocasionais, tipo usa e joga fora. Recordo que certa vez ele trouxe aqui uma mocinha, dizendo: "Eis a autêntica Ofélia!". Comissário, tratava-se de quase uma criança, evidentemente com graves problemas mentais. Em suma, ficamos estupefatos! Claro que aquela menina não podia subir a um palco. Mas Carmelo, até o fim, teimou em dizer que Ofélia era ela, que nós não compreendíamos nada... O resultado foi que nunca encenamos *Hamlet*.

Scimè se interrompeu:
– Quer beber alguma coisa?
– Eu gostaria de um uísque, mas não sei se...
– Eu tenho – disse o advogado. Levantou-se e abriu um armariozinho do qual tirou dois copos e uma garrafa. Encheu os copos até a metade e, antes que pudesse recomeçar a falar, Montalbano perguntou:
– Me esclareça uma coisa. Lo Savio me disse que Catalanotti estava trabalhando na preparação de um novo espetáculo. Sabe do que se trata?
– Claro, comissário. Talvez, dados os meus comentários iniciais, o senhor pense que Carmelo só queria encenar obras-primas ou tragédias gregas. Nada disso, ele escolhia principalmente dramas do século XX. Dizia que o mundo burguês o fascinava. De fato, estava trabalhando em *Esquina perigosa*, uma peça do inglês J. B. Priestley. Um autor

conhecido por sua competência em escrever histórias do gênero paradetetivesco.

– O que significa isso?

– Significa que elas parecem tramas policiais, mas na realidade são investigações profundas sobre a mente do homem contemporâneo.

Montalbano refletiu que não existia bom policial que não fosse também capaz de investigar a fundo a mente do ser humano.

Depois, perguntou:

– Sabe se existe aqui uma cópia dessa peça?

– Uma nós devemos ter.

Scimè se levantou e abriu outro armário cheio de textos. Ficou um tempão procurando e finalmente a encontrou, em cima de uma pilha de papéis.

– Aqui está – disse. – Por favor, depois não se esqueça de nos devolver, porque só temos essa cópia.

– Pode deixar – respondeu Montalbano.

Scimè continuou:

– É triste saber que nunca veremos esse espetáculo.

– Quando vocês retomam os ensaios de *A tempestade*?

– Esse é outro problema. Porque não conseguimos...

O advogado se detêve, deu um longo suspiro e disse:

– A verdade verdadeira é que, por enquanto, estamos nos evitando.

– Para se sustentar, Catalanotti trabalhava em quê?

– Ele não trabalhava, vivia de renda. Era um homem, diria eu, bastante rico, proprietário de casas, lojas... Se não me engano, provinham da herança materna, que Catalanotti soube administrar muito bem...

– Algo mais?

— Sabe como é, comissário, nós nunca tivemos relações de amizade fora do teatro. Portanto, que eu saiba, não. Por quê?

— Porque me consta que ele também era um usurário.

Scimè, perplexo, abriu a boca, fechou-a, arregalou os olhos. Não conseguiu pronunciar palavra. Depois, porém, foi se recuperando aos poucos. Tomou um bom gole de uísque, e em sua cara se desenhou um sorrisinho.

— Está pensando em quê? – perguntou Montalbano.

— Estou pensando que, no fundo, esta é uma boa notícia para nós.

— Por quê?

— Porque, seguramente, um usurário deve ter muitos inimigos, e portanto o assassino pode muito bem não ser um de nós.

Montalbano mudou de assunto.

— Vocês têm um álbum com fotos dos atores?

— Como não?

Scimè abriu uma gaveta da escrivaninha, tirou dali um espesso volume e o estendeu ao comissário.

Montalbano começou a folheá-lo.

Ali estavam as fotos de todos os dezoito integrantes da companhia. De cada ator ou atriz, havia três: uma em close, uma em meio corpo e uma de corpo inteiro.

A série começava com as atrizes.

O comissário examinou atentamente as imagens. Entre as oito mulheres, não havia nenhuma loura. Isso significava que a acompanhante noturna de Catalanotti na trattoria de Enzo não fazia parte da Trinacriarte. Ele fechou o álbum, devolveu-o ao advogado e indagou:

— Em sua opinião, entre estes atores e atrizes, quem tinha maior intimidade com Catalanotti? Estou perguntando para não perder tempo. Eu poderia convocar todos ao comissariado, mas certamente seria inútil. Gostaria de restringir a investigação às pessoas que mantinham relações mais estreitas com ele.

– Comissário, há dois atores, um homem e uma mulher, que participaram de uma peça encenada por Carmelo, *Dias felizes*, de Beckett, e ficaram particularmente ligados a ele.

O advogado abriu o álbum e mostrou as fotos dos dois.

– Aqui estão: Eleonora Ortolani, especializada em tipos, e Ernesto Lopez, meu colega advogado.

Montalbano anotou mentalmente as informações e prosseguiu:

– O senhor já me disse que não era propriamente amigo de Catalanotti, mas por acaso sabe se ele tinha algum vínculo sentimental?

– Provavelmente sim, mas não sei de nada.

– Nunca lhes aconteceu falar disso?

– Não, comissário. Carmelo não dava abertura para que alguém lhe fizesse perguntas às quais ele não quisesse responder. Talvez Eleonora e Ernesto possam lhe dar mais informações quanto a isso.

Considerando terminada a conversa, Montalbano estava prestes a se levantar quando Scimè pediu:

– O senhor poderia me dar mais uns dez minutos?

– Claro.

A cara do advogado se transformou: apareceu-lhe um sorriso cheio de dentes, seus olhos brilharam de contentamento. Ele se inclinou, abriu a gaveta da esquerda e tirou dali três álbuns, mais volumosos do que aquele recém-examinado pelo comissário.

– Queria lhe mostrar algumas fotos de minha longínqua juventude.

Levantou-se, postou-se ao lado de Montalbano e abriu a primeira página do primeiro álbum. Em destaque, uma foto de Vittorio Gassman com a dedicatória: "Ao meu caríssimo amigo Antonio".

Na segunda página, outra fotografia mostrava Scimè vestido de pajem.

— Aqui — explicou ele — sou eu no teste de atuação para a Academia. Estou caracterizado como o Pajem Fernando.*

Montalbano examinou-a atentamente. Nela, Scimè estava superjovem, de seu rosto da época quase nada restava no rosto atual. E assim, diante dos olhos do comissário, desfilaram três quartos do teatro italiano em meados do século passado. Quando, depois de uma boa hora, chegou ao final do terceiro álbum, Montalbano havia mergulhado na mais profunda depressão.

Dele mesmo, pensou, não existia uma só foto de quando era jovem.

Por isso, não podia fazer comparações com seu rosto de agora, mas, com certeza, seria tão irreconhecível quanto o de Scimè.

Dormiu pouco, mas bem.

A conversa com o advogado tinha lhe despertado uma vontade de entrar a fundo na investigação, um impulso de energia que ele não experimentava havia tempo.

Quando estava assoviando embaixo do chuveiro, a primavera renascida que ele sentia internamente fez aparecer de surpresa, em meio à névoa da água quente, a imagem de Antonia, também nua.

Fechou a torneira e literalmente fugiu do banheiro.

---

* Personagem da peça em versos *Una partita a scacchi* [Uma partida de xadrez] (1871), de Giuseppe Giacosa (1847-1906). (N.T.)

# 9

Enquanto bebia a xicrona de café, decidiu ligar para Fazio. Este atendeu.

– O que foi, doutor, o que houve?

– Nada, não se alarme. Eu gostaria apenas que você convocasse logo estas duas pessoas. Marque uma para as nove e a outra para as onze.

– Que pessoas?

– Ernesto Lopez, que é advogado, creio, e Eleonora Ortolani.

– O senhor tem os telefones?

– Não, Fazio, mas você encontra tudo na pasta da Trinacriarte que eu deixei em cima da minha escrivaninha.

– Sim, me lembro.

– Bom, nos vemos no comissariado.

Estava de saída quando o celular tocou. Era Livia. Nossa Senhora! Desde quando não se falavam? Achou melhor dar a volta por cima, para não ficar por baixo:

– Livia! Que fim você levou?

— E vem perguntar a mim? Já você... Eu lhe telefonei ontem à noite, mas não atendia nunca. Comecei a me preocupar, e então...

— Fez bem.

Não podia responder outra coisa. Ele, por sua vez, tinha se esquecido completamente dela.

— A investigação está te absorvendo a ponto de...?

— Sim, Livia, essa é a verdade. Cheguei tardíssimo.

— Acha que ela ainda vai te ocupar por muito tempo?

— Pois é, temo que sim. Creio que ainda não compreendi bem a história toda.

— Isso certamente significa que não adianta eu reservar passagem para Palermo...

Tais palavras provocaram em Montalbano uma sensação de ternura. Mas não de desprazer. Sentiu-se culpado e, para tentar remediar, arriscou:

— Prometo que, assim que ficar livre, vou te encontrar em Boccadasse, e vamos juntos a algum lugar.

—Sim, sim... claro – disse Livia. O tom era desconsolado, porém já não rancoroso como antes.

Encontrou Fazio à sua espera.

— O que me diz?

— Doutor, a sra. Ortolani chega às nove. Mas o advogado Lopez precisa ir ao tribunal, então perguntou se o encontro pode ser à tarde.

— Tudo bem.

— Com licença um instante, vou avisar a ele – disse Fazio.

Puxou o celular, teclou um número, falou rapidamente, desligou e perguntou a Montalbano:

— Posso saber quem são esses dois?

O comissário ficou em silêncio por um tempinho e depois começou a cantarolar baixinho a famosa valsa de *A viúva alegre*.

"Cala-te, cala-te... Sim, é verdade, tu me amas! Sim tu me amas, é verdade!"

O cérebro de Montalbano havia feito um caminho todo seu, passando da sra. Ortolani à personagem Winnie de *Dias felizes*, que no final da peça entoa a canção da viúva.

Fazio o encarava, de olhos arregalados.

Então Montalbano se sentiu no dever de explicar. E explicou. Quando ele concluiu, Fazio disse:

– Ah, tenho as informações que o senhor pediu sobre a sra. Di Donato.

– Pode falar.

– Comissário, uma história quase trágica. Essa senhora, de setenta anos, tinha uma quitanda pequeninininha na parte mais antiga do vilarejo. E, assim como todos os pequenos comerciantes, estava indo à falência. Então tentou se salvar tomando um empréstimo a Catalanotti, mas não adiantou, porque de qualquer jeito ela foi obrigada a fechar a quitanda. Mas, como é uma mulher honesta, me mostrou um envelope dentro do qual guardava dezenove mil euros. Estava juntando tudo para devolver a Catalanotti. Quis até me entregar esse dinheiro, porque agora não sabia mais a quem pagar.

– Você fez o quê? Recebeu?

– Não, doutor.

– E o que disse a ela?

Fazio não respondeu.

– O que você disse? – insistiu o comissário.

– Eu disse que por enquanto ela pode ficar com o dinheiro, até porque ninguém vai cobrar.

– Fez bem – aprovou Montalbano.

Fazio recomeçou a falar.

– Nico Dilicata teve alta ontem à noite. O que vamos fazer?

– A que horas o advogado Lopez disse que vem?

– Às quatro.

– Então convoque o rapaz para as seis.

– Vou ligar para ele agora e, se o senhor não tiver outras ordens a me dar, vou para minha sala.

– Pode ir. Mas às nove, quando a sra. Ortolani chegar, venha também.

Fazia uma hora que ele assinava a papelada burocrática de sempre, quando o telefone tocou.

– Dotor, aconteceria que tem uma dona hortelã dizendo que deve falar com vossenhoria em pessoa pessoalmente, porque Fazio convocou ela. O que eu faço?

– Acompanhe-a até aqui e, no caminho, chame Fazio.

A porta se abriu e Fazio se pôs de lado, a fim de dar passagem a uma cinquentona loura, algo corpulenta, toda arrumada e maquilada, vestida num casaco pintalgado que talvez lhe tivesse sido emprestado por Cruela Cruel.

– Fique à vontade, senhora – disse galantemente o comissário, levantando-se e indicando a ela uma cadeira diante da escrivaninha.

A mulher caminhava com um passo bamboleante, como se estivesse dentro de um barco.

Sentou-se na borda da cadeira, ajeitou a saia, olhou o comissário e sorriu. Se lhe removessem a pesada maquilagem, devia ter uma expressão simpática.

Fazio se apresentou a ela e se sentou na outra cadeira.

– Queiram me desculpar, mas estou muito nervosa – disse a mulher, em voz aguda e chorosa como a de uma criancinha.

Levantou-se.
— Posso usar o banheiro? — pediu.
— Leve-a até lá — ordenou Montalbano a Fazio.
O comissário estava perplexo. Na fotografia que havia visto na noite anterior, o cabelo daquela senhora era, como o de todas as suas colegas, decididamente escuro.
Como é que agora se apresentava loura?
Poderia ser ela a acompanhante de Catalanotti nas refeições noturnas de terça, quinta e sábado?
À primeira vista, contudo, esta parecia ser de bom gênio, e não uma chata como Enzo havia descrito a outra.
Pouco depois a sra. Ortolani reapareceu, seguida por Fazio. Sentou-se, ajeitou de novo a saia e ficou tão espantada com a primeira pergunta de Montalbano que deixou cair a bolsa que mantinha no colo.
— Há quanto tempo é loura?
— Como assim?!...
— Ontem à noite, vi uma foto sua na qual seu cabelo era castanho. Gostaria de saber há quanto tempo não é mais.
A mulher ficou um tempinho em silêncio, incapaz de falar. Depois, fazendo um esforço, gemeu:
— Do... do... doutor, eu sei, foi um erro. Até minha irmã me disse isso. Mas, dessas coisas, não se volta atrás tão facilmente...
Montalbano a interrompeu.
— O que está dizendo, senhora?
— Eu sei, eu sei, não devia ter feito. Mas naquele dia... eu estava desesperada. Me sentia, como direi, estranha a mim mesma. Precisava de qualquer jeito fazer um gesto extremo. Peguei meu carro e saí.
— Sra. Ortolani, tente se explicar melhor: que gesto extremo? — interpelou-a Montalbano.

A coitada, prostrando-se cada vez mais na cadeira, respirou fundo, emitiu um queixume ligeiramente mais lamentoso do que os outros e disse:
– A culpa é toda minha. Não tenho justificativa.
Fazio e Montalbano se entreolharam.
E Fazio arriscou:
– Está falando do homicídio de Catalanotti?
– O quêêêêêêêêêê????? – gemeu ela agudamente.
– A senhora estava nos falando de seu gesto extremo... – prosseguiu Fazio.
– Claro, o de virar loura.
Montalbano dirigiu-se à janela, abriu-a, lançou mudos xingamentos contra todo o mundo exterior, fechou de novo e voltou a se sentar.
– Vou repetir: há quanto tempo é loura?
– Há 33 dias.
Então não podia ser ela a acompanhante de Catalanotti.
A mulher criou coragem e perguntou:
– O cabelo louro não me cai bem, não é, comissário?
– Eu a convoquei – retrucou Montalbano, mudando de assunto – porque o advogado Scimè me disse que a senhora protagonizou *Dias felizes*, sob a direção de...
Ela se sacudiu toda na cadeira, como uma galinha arejando as penas.
– Ah, que espetáculo inesquecível! Daqueles que marcam indelevelmente a vida de uma atriz. Algo irrepetível, mágico...
– Pois é, eu queria saber o método que Catalanotti usou para deixá-la em condições de interpretar a personagem.
– Recordo como se fosse hoje. Ele me levou a um esplêndido hotel à beira-mar, havia pouquíssima gente, porque estávamos fora da estação. Passamos três dias belíssimos. Pelo menos, eu acredito...

— O que significa "pelo menos, eu acredito"?

— Bom, veja, no primeiro dia ele me levou a um ponto isolado da praia. Um guarda-vidas nos acompanhava, com uma pá e uma barraca. Ele mandou o homem cavar um buraco profundo e me pediu que entrasse ali. O buraco foi recoberto por areia, e somente minha cabeça ficou de fora. Em seguida instalaram sobre mim a barraca. "Fique aí. Eu volto dentro de uma meia horinha", me disse Carmelo. Mas quer saber, comissário? Quando ele voltou, o sol já se punha. Eu estava exausta. Com uma sede terrível. De vez em quando gritava "socorro!", só que não havia ninguém nas proximidades. Mas devo lhe dizer que foi também uma experiência extraordinária, essa de ficar sozinha comigo mesma. Recordo que à noite eu comi com enorme apetite. No dia seguinte, ele mandou cavar o buraco outra vez, mas me permitiu manter livres o busto e os braços. Tinha pedido que eu levasse minha bolsa e a deixou comigo. Quando, imersa na areia, abri a bolsa e vi os objetos que usava diariamente, pode acreditar, eles me surgiram sob uma luz totalmente diferente. Comecei a examiná-los um por um como se os visse pela primeira vez. Até mesmo nem sabia mais como tirar a tampa do batom. Todos me pareciam objetos desconhecidos, estranhos. No terceiro dia, enfim, houve a experiência mais perturbadora. Carmelo me pediu novamente que entrasse no buraco até a altura do peito e, quando o guarda-vidas se afastou, ele puxou do bolso da calça um revólver. Me disse: "Pegue". Eu segurei aquilo apavorada. Tenho horror a armas de fogo. "Tome cuidado, está carregado." E foi embora.

— E o que aconteceu? — quis saber Montalbano.

— Uma coisa estranha! Menos de uma hora depois, de tanto examiná-la, estudá-la, eu já não sentia pavor da arma. Segurei-a, comecei quase a acariciá-la com a mão. Era um grande revólver de tambor. Pesava muito e de repente se tornou, com a minha mão, uma coisa só. O desejo de usá-lo começou a crescer lentamente dentro de mim. A certa altura, joguei-o longe. Mas não tão longe que não pudesse pegá-lo de volta. Passaram-se algumas horas e eu comecei a cavar a areia ao meu redor, queria sair, recuperar o revólver e atirar sei lá em quê, para o alto ou no primeiro que passasse. Estava quase chegando aos meus joelhos, mais um pouco e eu conseguiria, quando Carmelo surgiu correndo e gritou: "Agora chega!". Parei de cavar e vi que ele tinha um binóculo a tiracolo. Compreendi que havia me observado o tempo todo. Bem, esses foram os primeiros testes, depois foram necessários vários outros, uns cinco ou seis, e só no final Carmelo declarou que eu era capaz de enfrentar o papel. Fiquei feliz.

– Um método bastante perigoso – observou Montalbano.

– Bem, não esqueça que ele chegou na hora certa, portanto nunca me expôs a um verdadeiro perigo, não me perdeu de vista em momento algum. Tanto naqueles dias quanto durante os outros testes. E, afinal, tudo ficou claro para mim. Compreendi qual é o problema para quem enfrenta aquele texto: por que Winnie tem um revólver?

– Por quê? – perguntaram, em coro, Fazio e Montalbano.

– Porque chegou a um tal ponto de sua existência que pode indiferentemente matar a si mesma e o seu companheiro, ou então começar a cantar a valsa de *A viúva alegre*.

Concluída a explicação, ela parecia tão identificada com aquela história que sua fronte estava suada e as mãos tremiam um pouco.

– Quer um pouco d'água? – ofereceu Fazio.

– Sim, por favor.

Depois de beber avidamente, recomeçou:

— Sem dúvida, ele tinha um sistema muito pessoal. Lembro muito bem que, no início, me proibiu de ler por inteiro o texto de Beckett. Me deu somente um papel no qual havia algumas falas que eu devia repetir enquanto estava enterrada na areia.

— E quando finalmente lhe permitiu ler a peça? – interveio Montalbano.

— Depois que encontrou Willie, meu parceiro, que ele havia submetido a testes piores do que os meus. Só então nos deixou ler a peça, juntos, pela primeira vez.

Montalbano pensou nas folhas de papel dentro das pastas guardadas no armário da casa de Catalanotti.

Evidentemente, aqueles trechos de diálogo deviam ser da peça que ele estava preparando.

— E depois, quando encontrava os atores certos, como procedia na preparação do espetáculo?

— Comissário, Carmelo queria encontrar individualmente cada um da equipe, inclusive o figurinista, o iluminador, o cenógrafo. Mantinha todos deliberadamente separados. Chegou até a proibir que conversássemos entre nós. E devo dizer que todos respeitávamos seu desejo. Quando finalmente começávamos a ensaiar no palco, Carmelo nos obrigava a repetir cinquenta, sessenta vezes a mesma fala, até ficarmos esgotados. Depois disso, era preciso fazer com todo o corpo uma improvisação, baseada na fala que havia sido repetida. Depois de mais duas ou três improvisações, voltávamos a ensaiar com a voz a fala escrita. Não sei se fui clara.

— Claríssima. Mas, durante esses ensaios, o que Catalanotti fazia? Intervinha muito? Interrompia? Tomava notas?

— Interrompia muitíssimo e, sim, também tomava notas.

— Mais uma curiosidade, senhora. Pelo que sei, a companhia é de amadores, seguramente de grande mérito, mas não profissionais. Então, eu me pergunto: vocês se submetiam a tais testes e ensaios, certamente nada fáceis, em nome de quê?

– Vou tentar explicar, comissário. Carmelo tinha a extraordinária capacidade de extrair, de cada um de nós, tudo, eu disse tudo, o que trazíamos dentro. E de utilizar isso na prática teatral. Era como um tratamento, uma terapia, acredite. Depois de cada espetáculo, eu e meu parceiro tínhamos vontade de correr, a tal ponto nos sentíamos... como direi... liberados, soltos. O preço pago era altíssimo e perturbador, sem dúvida alguns dos meus colegas não se dispuseram a encará-lo. Nem todos têm essa vontade de se confrontar com suas verdades mais ocultas.

Montalbano a interrompeu novamente.

– Reflita um pouco. Que a senhora saiba, esse talento de pôr a nu as pessoas, e até de libertá-las de seus complexos, de suas reticências, de seus arcabouços críticos, Catalanotti só o empregava com objetivos teatrais?

Ela ficou muda um tempinho.

– Comissário, acredite: embora Carmelo tivesse conseguido criar tamanho nível de intimidade no palco, fora do teatro nós nunca nos encontramos. Tudo se esgotava ali. Não sei sequer onde morava, e ignoro se ele tinha uma família, uma mulher, filhos. Não sei nada sobre ele.

Fez uma pausa brevíssima e fitou o comissário, olhos nos olhos.

– E digo mais: não quero que a obscenidade da morte de Carmelo me revele agora suas informações pessoais, que deliberadamente, por acordo tácito, havíamos ignorado quando ele era vivo.

Montalbano dirigiu a ela um olhar de admiração.

Aquela mulher que falava como um pintainho era digna de toda a consideração.

– E respeitarei esse pacto de vocês – declarou o comissário, levantando-se e estendendo-lhe a mão.

Fazio estava abrindo a porta para ela sair, quando Montalbano disse:

– Um momento, senhora. Saiba que, em minha opinião, o cabelo louro lhe caiu muito bem.

Por pouco a sra. Ortolani não desmaiou nos braços de Fazio.

Este voltou quase imediatamente, mas, ao perceber que o comissário estava perdido num pensamento lá dele, sentou-se e permaneceu mudo.

Montalbano pareceu nem ter percebido o retorno de Fazio, mas em seguida saiu-lhe dos lábios uma palavra, a meia-voz:

– Pena.

Desta vez, Fazio se sentiu autorizado a falar.

– Por quê?

– Eu estava pensando em Catalanotti. Gostaria muito de tê-lo conhecido, de conversar com ele. Raramente me aconteceu topar com uma personalidade tão complexa. Está claro que era um verdadeiro artista. Talvez o único da companhia, e então me pergunto: quem foi assassinado? O artista ou o usurário?

– Doutor, me desculpe, mas me parece muito estranho que um verdadeiro artista seja também um usurário.

– Pois está enganado, Fazio. Houve grandes artistas que roubaram, mataram, estupraram. Catalanotti era capaz de manter suas atividades bem separadas, tanto é que a sra. Ortolani nos disse que não sabia nada sobre a vida privada dele, e eu acredito. Aliás, Scimè também ignorava esse aspecto de Catalanotti. Quanto mais falamos disso, Fazio, mais eu me convenço de que a chave de tudo está justamente na minha pergunta: quem foi morto?

Fazio não soube o que dizer.

– Tudo bem – suspirou o comissário –, vamos pensar em outro assunto.

– Ah – disse Fazio –, eu tinha me esquecido de informar uma coisa. Quando telefonei a Nico Dilicata a fim de convocá-lo para o final da tarde de hoje, ele me disse que os médicos o proibiram de caminhar, de modo que não pode sair de casa.

– Paciência, significa que esta tarde nós é que vamos encontrá-lo.

Mas, ao olhar para a montanha de papéis ainda por assinar que se equilibravam sobre a escrivaninha, o comissário mudou instantaneamente de ideia.

– Ou melhor, quer saber? Vamos vê-lo agora mesmo.

– Tudo bem – disse Fazio, levantando-se.

Assim que compreendeu que os dois estavam saindo, Catarella os deteve.

– Ah, dotor, dotor, não saia! Tá o fim do mundo! Muito perigoso aí fora, dotor. Chamaram até os *carabinieri*, pra reforço. O fim do mundo, dotor!

– Mas por quê? O que aconteceu?

– Dotor, sabe a flábica de cimento Bellofiore? Hoje de manhã, quando os operários se apresentaram pra trabalhar, encontraram os portões fechados. Tinham sido todos demitidos. Trezentas famílias que agora não vão ter nada pra comer.

– Vamos lá ver – disse Montalbano a Fazio.

Saíram, mas, assim que dobraram à esquerda, não enxergaram mais nada: toparam com uma nuvem de fumaça dentro da qual se ouviam gritos e explosões. Evidentemente, haviam sido lançadas bombas de gás lacrimogêneo.

– Comissário – disse Fazio –, acho que não vai dar.

E bem nesse momento viram sair da nuvem um homem que parecia bêbado e que mantinha uma das mãos sobre a nuca e a outra sobre a fronte. Em seguida, o homem caiu de joelhos e começou a se arrastar em direção aos dois.

Montalbano e Fazio correram a ajudá-lo. Acima do olho direito, ele tinha um ferimento que sangrava. O homem se agarrou a Fazio, muito provavelmente havia tomado uma surra de cassetete.

– Vamos levá-lo para o comissariado – decidiu Montalbano.

O homem gemia e, em meio aos gemidos, lágrimas lhe corriam dos olhos. Carregaram-no até a sala de espera e o deitaram no sofá. O agente Cumella, que também era enfermeiro, acorreu com o estojo de primeiros socorros, desinfetou o ferimento, que por sorte não era profundo, e o enfaixou.

Só então o homem olhou ao redor, como se aos poucos recuperasse a consciência. Então perguntou, com um fio de voz:

– Onde estou?

– No comissariado – respondeu Fazio.

Instintivamente, o homem cruzou os braços na frente do rosto, como num gesto de autoproteção.

– Ainda querem me bater? – perguntou, em tom desesperado. – Sem emprego e espancado? E agora, quem vai dar comida aos meus três filhos?

Montalbano virou as costas.

Voltou à sua sala. Trancou-se lá dentro. Estava enojado de si mesmo, do ofício que exerce. Estava enojado dos *carabinieri*, da lei, do governo. Estava enojado do mundo, da própria ordem do universo.

Que mundo era esse, no qual um homem era privado de seu emprego, da possibilidade de ganhar honestamente o pão?

E a resposta do Estado, quando esses pobres desgraçados ousavam protestar, eram pauladas, surras, gás lacrimogêneo, detenções, prisões?

Desde quando ele era servidor desse Estado?

Havia trabalhado com honestidade e com respeito pelos outros?

Nem sempre havia conseguido, mas, com frequência, sim.

Era claro que a maioria de seus colegas fazia uma outra ideia do que significava servir ao Estado.

Não existia saída.

Quando Fazio se despediu e foi embora, Montalbano sentou-se resignado à sua escrivaninha, pegou a primeira folha da enorme pilha e assinou-a.

Por volta das duas, quando literalmente começava a se afogar em meio a toda aquela papelada e o ar já lhe faltava, de repente, como num filme americano, chegou o socorro.

A porta se chocou contra a parede, provocando a costumeira explosão que parecia de bomba.

Montalbano, porém, quase não escutou. O barulho mal o fez levantar a vista e enquadrar Catarella, que estava na soleira e segurava com as duas mãos uma bandeja de papel.

– Me adesculpe, dotor, mas tive que bater com o pé – disse este último, adiantando-se e pousando a bandeja sobre a escrivaninha.

Sob o olhar comprazido de Catarella, o comissário removeu o invólucro: *tramezzini*,* pizza siciliana, croquetes, friturinhas, bolinhos de grão-de-bico, uma maravilha de Deus!

– O que estamos comemorando, Catarè?

---

* Sanduíches de formato triangular, muito populares na Itália. (N.T.)

## 10

Catarella sorriu:
— Não é nenhum festejo, eu apenas me apavorei que vossenhoria não saísse daqui antes da noite por causa da manifestação, então aproveitei um instantinho de calma e corri num bar e comprei tudo que achei.
— Fez bem, Catarè...
— Peraí que eu vou buscar um vinhozinho também.
Saiu e voltou com meia garrafa.
— Catarè, você consegue manter um segredo? Venha se sentar aqui comigo, mas não conte a ninguém sobre nossa comilança.
— Vossenhoria quer que eu almoço com vossenhoria? – disse a voz trêmula de Catarella, que havia assumido a posição de sentido, rígido como um poste.
— Claro. Feche a porta, vá buscar dois copos ali no armário e venha pra cá.
Catarella obedeceu. Depois sentou-se diante do comissário e pegou uma fatia de pizza. Enquanto ele fazia

esses movimentos, com lentidão, hesitação e quase medo, Montalbano teve tempo de devorar dois *tramezzini*.

Mas logo precisou se levantar às pressas para socorrer Catarella, porque a pizza tinha descido de través e o coitado estava engasgado, tossindo, com lágrimas nos olhos.

O comissário deu-lhe uns tapas nas costas e o fez beber um gole de vinho, mas a esta altura Catarella se levantou.

– Dotor, queira me adesculpar, mas eu não consigo comer com vossenhoria. É honra demais. Me dá um nó na garganta!

– Tudo bem – concordou Montalbano, acompanhando-o até a porta e abrindo-a para ele.

– A propósito, quanto você gastou?

– Não, dotor, me aperdoe, mas isso é comigo.

Montalbano fechou de volta a porta e conscienciosamente, com método e disciplina, liquidou o conteúdo inteirinho da bandeja. Jogou-a na cesta de lixo e reclinou-se na cadeira, dando um suspiro de satisfação. Desta vez, a porta se abriu sem ruído e o arcanjo Catarella apareceu com uma xícara de café fumegante. Pousou-a diante do comissário. Sem sair da posição de relaxamento, Montalbano levou dois dedos aos lábios e lhe mandou um beijo.

Catarella oscilou e saiu cambaleando, como se tivesse levado uma pancada na cabeça. O comissário bebeu o café, levantou-se, foi até a janela, abriu-a e acendeu um cigarro. Sentia-se leve, estava digerindo perfeitamente, quando, do nada, se lembrou do infame bilhetinho com a caveira deixado por Livia.

De imediato sentiu um enorme peso no estômago, a digestão havia sido irremediavelmente bloqueada. Decidiu então que, assim que voltasse para casa, em Marinella, removeria da porta da geladeira aquele bilhetinho e o esconderia cuidadosamente, para só voltar a exibi-lo quando Livia estivesse em Vigàta.

Nesse momento, bateram à porta e Catarella reapareceu:

– Dotor, aconteceria que tem um espanhol que veio antecipado na medida que foi convocado para as quatro e na medida que agora são quinze pras quatro, mas porém o espanhol diz que se vossenhoria puder receber ele...

– Me esclareça uma coisa, por acaso esse espanhol se chama Lopez?

– Eu achei que era Gomez, mas também pode ser esse nome aí.

– Fazio está?

– Sim, dotor, *in loco*.

– Certo. Então, primeiro você me manda Fazio, e depois manda o espanhol.

Fazio mal teve tempo de se sentar, e o advogado Ernesto Lopez já entrava. Era impossível calcular sua idade: ruivo mas praticamente careca, no mínimo um metro e noventa de altura, magro como um esqueleto, podia oscilar entre os trinta e os setenta anos. Era quem tinha dado razão a Maria del Castello, durante a homenagem. Havia tentado inutilmente se vestir bem: a gravata estava torta, e o paletó, completamente amassado. Movia-se como se um vento forte o fizesse oscilar, e Montalbano temeu que ele nunca chegasse até a escrivaninha. Felizmente conseguiu, embora, para se sentar, tivesse precisado de uns bons dez segundos para descer, da altura onde se encontrava, até o nível do assento. Foi ele que começou a falar:

– Estou à disposição – declarou, com uma voz de baixo profundo. – Soube que hoje de manhã os senhores interrogaram Eleonora.

– Sim – respondeu Montalbano –, ela nos contou sobre os testes e ensaios do espetáculo de vocês e sobre o método, digamos assim, de Catalanotti. Com o senhor, como foram as coisas?

Lopez deu uma risadinha.

– Como talvez seja do seu conhecimento, comissário, Willie, o personagem de Beckett, não é capaz de caminhar, mas só de se arrastar pelo chão. Carmelo, antes de me confiar definitivamente o papel, me fez rastejar ao longo de um mês inteiro, me explicando a diferença entre o avançar de uma serpente e o de um verme, e ele pretendia que eu me tornasse absolutamente um verme, inclusive no modo de pensar. E, como Willie usa sempre um terno, imagine as dificuldades que precisei superar e as brigas com minha mulher, porque eu estragava um paletó por semana...

Montalbano o interrompeu.

– Mas o senhor sabe se esse método ocorreu a Catalanotti assim, caído do céu, ou se ele se inspirou em alguma coisa, em alguém...?

– Comissário, como Eleonora deve ter lhe dito, Carmelo falava pouco de si, mas uma noite, durante esses ensaios individuais, a uma pergunta específica minha, respondeu que essa ideia havia lhe ocorrido muitos anos antes, durante uma viagem que fez a Roma, a trabalho. Ele viu que um teatro dedicava uma semana ao encenador polonês Jerzy Grotowski e aos seus espetáculos. Foi assistir, ficou fascinado, conseguiu conhecer os atores principais e conversou longamente com eles, mas não com o encenador, que não estava na cidade. Depois estudou as teorias de Grotowski em um livro que, aliás, eu também li: *Para um teatro pobre*. Bom, para ser sincero, comissário, creio que as ideias de Carmelo a respeito disso não eram muito claras, mas ele tinha sobre os atores uma capacidade quase hipnótica de persuasão. De um modo ou de outro, seu sistema sempre funcionava. Por muito tempo, eu e Eleonora permanecemos ligados a ele de uma forma estranhíssima. Mas ele, não. Procurava nos evitar. O espetáculo, uma vez levado ao palco, não existia mais, Carmelo fazia de tudo para que não restasse nenhum vestígio. Era o contrário daquilo que sempre acontece conosco, gente de teatro: as fotos, os vídeos, os cartazes, tudo isso se torna uma espécie de história da memória, um modo de não sermos esquecidos. Carmelo, ao contrário, queria o olvido. Em sua opinião, a vida do espetáculo terminava no momento em que caía o pano. E ele exigia a mesma coisa quanto a sua privacidade. Devo confessar que isso me dava uma certa raiva. Como assim? Ele tinha sido capaz de me virar pelo avesso, como uma meia soquete, mas eu ignorava tudo sobre sua vida? Uma vez, passando em frente à vitrine de um bar, me aconteceu de vê-lo sentado lá dentro, conversando baixinho com uma mulher que estava de costas para mim.

– Era loura? – perguntou Montalbano, interessado.

– Não, não. Bem, eu continuei por alguns minutos a espiá-lo através da vitrine. A relação com aquela mulher me pareceu estranha, porque os dois mantinham as cabeças bem próximas, como numa intimidade amorosa, mas na realidade, pouco depois, compreendi que estavam assim unicamente para não serem escutados pelos outros. Enquanto eu fazia essas considerações, ele ergueu os olhos e me avistou. Então se transformou: com uma expressão furiosa, agarrou a mulher pelo braço, levantou-se, saiu do bar e sequer se dignou a me olhar. Assim era Carmelo.

– Essa terá sido a única vez em que vocês se viram fora dos ensaios? – perguntou o comissário.

– Ah... agora que o senhor perguntou, recordo que tivemos outro encontro, mas realmente muito de passagem. Foi há uns três ou quatro meses. Eu tinha ido visitar um amigo internado no hospital de Montelusa e, logo na entrada, quase tropecei em Carmelo. Ele me reconheceu, tenho certeza, mas não me cumprimentou, seguiu em frente como se não soubesse quem eu era. E isso é tudo, não sei lhe informar mais nada...

– Pois eu lhe informo uma coisa que o senhor certamente não sabe – disse Montalbano. – Ele também era agiota.

Lopez não teve nenhuma reação.

– Não se surpreende?

– Não.

– Por quê?

– Não sei explicar. Mas veja: eu sempre pensei que um homem como Carmelo, que conseguia penetrar nos segredos mais recônditos de uma pessoa, era um homem capaz de tudo. Creio que ele sentia um certo prazer quando... – e Lopez se interrompeu.

– Continue – incitou-o Montalbano.

– ... quando descobria em algum de nós uma vergonha oculta, é isso.

O comissário não se animou a prosseguir nesse caminho.

– Mas vocês conversavam, pelo menos, sobre teatro?

– Isto, sim. Eu também li muitas teorias teatrais, e um dia lhe disse que ele estava enganado, não aplicava o método de Grotowski, e sim fazia um pastiche entre este último e a Fura dels Baus.

– E essa, o que é? – perguntou Montalbano.

– Uma companhia catalã de teatro, como direi, físico, que também usa a ação forte e violenta. Bom, Carmelo replicou que não buscava o verossímil teatral, que no fundo é aquilo a que aspiram todos os que trabalham com teatro. Não ao falso, preste atenção, mas ao verossímil. Na verdade, ele invertia a palavra, dizia "símil-vero", e isso devia ter um significado, que no entanto eu jamais consegui aprofundar, captar verdadeiramente.

– Queira desculpar, mas, se o senhor percebia que o sistema de Catalanotti era confuso e talvez, como direi... não profissional, por que se prestou a experiências tão extremadas...?

– Repito: Carmelo tinha o extraordinário dom de nos envolver em seu jogo, derrubando pouco a pouco todas as nossas resistências. Era um encantador de serpentes.

Montalbano se voltou para Fazio, como se perguntasse se ele tinha perguntas a fazer. Fazio acenou que não.

Montalbano então se levantou e os outros dois fizeram o mesmo. Ele estendeu a mão a Lopez.

– Muito obrigado pelas suas informações. O senhor me foi extremamente útil. Se eu precisar de algo mais, voltarei a chamá-lo. Obrigado de novo, e tenha uma boa tarde.

– Continuo às ordens – respondeu Lopez, despedindo-se do comissário e seguindo Fazio, que o precedia.

A essa altura, Montalbano achou que já sabia bastante sobre o método Catalanotti. Pensou em telefonar a Maria del Castello, mas depois, já prestes a teclar o número, mudou de ideia: seria perda de tempo, a garota só poderia lhe contar outros excessos que tivesse sofrido por parte do encenador. Deixou para lá. Fazio retornou quase de imediato e se sentou.

– Posso dizer o que acho?

– Claro.

– Catalanotti não terá sido assassinado em consequência de uma espécie de rebelião, doutor?

– Como assim?

– Doutor, se ele era capaz de reduzir uma pessoa a um fantoche, não é possível que um dos fantoches tenha se rebelado contra algum desses testes esquisitos?

– Se as coisas tiverem sido como Lopez nos contou, sua hipótese faz sentido. Mas amplia o campo das investigações, em vez de restringi-lo. Porque não é garantido que o rebelde tenha sido um dos atores, poderia ser também uma das muitas pessoas que Catalanotti procurava para fazê-las participar de seus espetáculos.

Fazio olhou para ele, franzindo a testa.

– Vou explicar – prosseguiu o comissário. – Quando não encontrava sua vítima dentro da companhia, Catalanotti ia buscá-la fora, em meio à gente comum. No quarto dele estão as transcrições dos testes de audição aos quais ele submetia esses indivíduos.

– E quantos são?

– Uns cem.

– Caralho!

– Isto mesmo. Temos muito trabalho pela frente.

– E por onde começamos?

– No momento, não sei dizer. Hoje à noite vou pensar, e amanhã nos falamos.

Bateram à porta, e Mimì Augello entrou.

– Olá, Mimì. Novidades?

– Algumas. Pra começar, fui falar com Enzo.

Fazio deu uma espécie de salto na cadeira:

– E o que Enzo tem a ver com esta história toda?

Montalbano lhe contou brevemente a história do jantar com a loura, às terças, quintas e sábados.

– Pois é – interveio Augello –, mas não era bem assim.

– Ou seja?

– Ou seja, nem sempre eles iam jantar lá às terças, quintas e sábados. Às vezes pulavam um desses dias, não iam ao Enzo. O que, aliás, acontecia frequentemente.

– E o que mais ele lhe contou?

– Enzo não tinha dado muita importância ao fato, mas eu insisti e ele então se lembrou de que certa vez tinha ouvido Catalanotti chamar a loura de Anita. Minhas descobertas foram até aí. Espero não demorar a trazer informações mais concretas. E vocês, o que me contam?

Montalbano resumiu para ele as declarações da sra. Ortolani e de Lopez.

Mimì torceu a boca.

– Um homem assim era um homem potencialmente perigoso – comentou.

– Concordo – disse Montalbano.

Mimì se levantou, despediu-se e saiu.

O comissário olhou para Fazio.

– Está muito tarde, ou ainda podemos dar um pulinho na casa de Nico? O que você acha?

– Vamos lá, doutor.

Quando chegaram à via Pignatelli, Fazio interfonou.

– Quem é? – perguntou uma voz feminina.

– O comissário Montalbano.

– Que bom, suba, por favor – disse Margherita, contente.

Subiram dois lances de escada. A moça os aguardava à porta, com um enorme sorriso.

– Entrem, entrem.

Os dois toparam com uma sala de jantar onde havia pelo menos dez pessoas, que disseram, em coro:

– Boa noite!

Fazio e Montalbano ficaram na soleira, embatucados.

Estava claro que, na presença de toda aquela gente, não poderiam fazer interrogatório algum. A situação era quase cômica: de um lado da mesa de refeições estava Nico, apoiando a perna sobre uma cadeira; no lado oposto, isoladas, duas pessoas mais velhas, que informaram ser o pai e a mãe de Nico. Em seguida, Montalbano e Fazio foram apresentados a dois primos do mesmo Nico, a duas primas em segundo grau, sempre de Nico, a um tio distante, acompanhado da esposa, e, por último, a Filippo, o inquilino do quarto.

— O senhor veio para falar comigo? – perguntou Nico.
— De jeito nenhum. Íamos passando pelos arredores – respondeu Montalbano, displicentemente – e resolvemos ver como você estava.
— Muito obrigado, comissário. Estou bem melhor. Ainda não posso ficar de pé, mas sinto que estou me recuperando depressa.
— Ótimo. Bom, até logo a todos. Ah, e se por acaso eu precisar ouvi-lo individualmente, quando você acha que...
— Amanhã de manhã, talvez por volta das dez.
— Certo – disse o comissário, saudando a comitiva. Depois, já descendo a escada, resmungou: – Noite perdida e filha mulher.*
— Vossenhoria vai fazer o quê? Retorna ao comissariado ou vai para Marinella?
— Marinella. E você?
— Gostaria de ficar mais um tempinho no comissariado.
— Então, eu o acompanho até lá e depois vou embora.

A um quilômetro de distância de casa, já lhe veio o violento ataque de fome. Para ele, comer um pãozinho recheado ou uns *tramezzini* era como não ter comido nada. Por isso, a primeira coisa que fez foi correr à cozinha, remover o papelzinho com as recomendações de Livia, pousá-lo delicadamente sobre a bancada e só então abrir a geladeira. Logo à primeira vista, constatou que não havia nada. Bateu a porta com toda a força e correu para o forno. Oh, bendito o céu com todos os seus anjinhos!

---

* Ditado siciliano que faz referência à noite perdida devido ao trabalho de parto acrescida do desgosto de se tratar de uma filha mulher, e não de um filho homem. (N.E.)

Adelina, que àquela altura claramente estava cagando para as instruções de Livia, havia preparado um *sartù di riso**, que o comissário quase devorou imediatamente, frio como estava. Em vez disso, ligou o forno, pegou o papelzinho de Livia, foi colocá-lo sobre a mesa de cabeceira, tirou o paletó, passou pela sala de jantar, ligou a tevê, abriu a porta balcão da varanda, esperou mais uns cinco minutos, caminhando pra lá e pra cá, e finalmente tirou do forno o *sartù*, virou-o num prato, sentou-se à mesa da cozinha e começou a comer.

Deteve-se após a primeira colherada e aspirou profundamente: estava de uma excelência superior.

Deu um suspiro, agradecido à vida por lhe proporcionar semelhantes momentos. Na terceira colherada, percebeu que estava de olhos fechados, para saborear melhor. Satisfeito, já na metade do *sartù*, levantou-se e continuou a comê-lo diante da televisão. Começou a ouvir o noticiário.

Em Paris, tinha acontecido a maior confusão porque haviam suspeitado que uma mala esquecida estivesse cheia de explosivos. A Hungria e a Polônia se recusavam a receber sua quota de imigrantes, e pior: tinham começado a construir muros para impedi-los de entrar. Enquanto isso, escândalos de pedofilia nos campos de refugiados. Na Itália, por sorte, naquele dia, somente sete fábricas haviam fechado. O comissário logo percebeu o verdadeiro perigo: estava prestes a perder o apetite. Então mudou de canal e deu de cara com aquela bailarina maravilhosa que era parecidíssima com Antonia.

Desta vez, não mudou de canal e continuou a comer, com a felicidade recuperada.

Ao terminar, levantou-se para servir um copinho de uísque e voltou a se sentar diante da tevê. Enquanto ele sa-

---

* Espécie de bolo salgado de arroz com ingredientes variados, como carne de boi, porco e frango, embutidos, queijos, ovos, manteiga, ervilha, vinho... (N.T.)

boreava gota a gota o uisquinho, iniciou-se o noticiário da Televigàta. Surgiu a cara de Ragonese, o qual começou com as seguintes palavras:

"Em que ponto estão as investigações sobre o homicídio do pobre Catalanotti?"

Montalbano desligou e foi invadido por uma espécie de remorso. Mas como?! Com tudo o que precisava ser feito, ele ficava assistindo a uma bailarina?

Não, não: devia de qualquer jeito se mexer.

Tirou a mesa sem maiores cuidados, deu uma lavada na cara, vestiu de novo o paletó, conferiu o bolso, para se assegurar de que levava as chaves certas, saiu, entrou no carro e partiu.

Mas não se deteve na via La Marmora: estacionou pelo menos quatro ruas antes, a fim de, caminhando, desencadear melhor a digestão, depois de ter se empanturrado com o *sartù*.

As ruas estavam desertas, e havia um bar prestes a fechar. Ele achou que um café duplo poderia ajudá-lo a clarear as ideias. Depois, considerando que o trabalho seria certamente longo, entrou de novo no bar e pediu que lhe preparassem mais quatro cafés dentro de uma garrafinha. Em seguida, ao ver no balcão umas bandejinhas com cascas de laranja recobertas de chocolate, comprou uma caixa. Por fim, notou meias-garrafas de uísque e adquiriu uma. Pronto, estava abastecido para uma longa noitada.

Mandou colocar tudo dentro de uma sacola de plástico e saiu. Quando chegou diante do portão, puxou do bolso as chaves e abriu. Sempre na intenção de aliviar o peso no estômago, subiu os dois lances de escada. Tendo chegado meio sem fôlego à porta do apartamento, abriu-a devagarinho, fechou-a e acendeu a luz do vestíbulo. E então transformou-se numa estátua de sal.

Recordava perfeitamente que, na última vez em que havia estado naquela casa, tinha apagado as luzes. Então, como era possível que o escritório estivesse iluminado? Imobilizou-se, prendendo até a respiração. Seria verdade que o assassino sempre volta ao local do crime? Caramba, ele não só estava desarmado como também a sacola que carregava atrapalharia qualquer movimento. Por isso, pé ante pé, sem fazer o mínimo ruído, dirigiu-se à cozinha, pousou a sacola em cima da bancada, por via das dúvidas tirou o paletó, arregaçou as mangas da camisa, armou-se com a maior faca que encontrou e começou a avançar em direção ao escritório. Já ao lado da porta, encostou-se totalmente à parede e, devagarinho, avançou a cabeça até conseguir espiar lá dentro com um olho só. E não acreditou naquilo que viu. Recuou a cabeça, esfregou os olhos. Isto mesmo, a imagem da televisão devia ter permanecido impressa em sua retina. Repetiu a operação anterior, sempre bem devagar. E a confirmação daquilo que ele havia visto deixou-o sem fôlego.

Sobre o sofá, com três almofadas atrás das costas, descalça, reclinava-se Antonia. Com os ouvidos cobertos por headphones, movia a cabeça ao ritmo de uma música. Ao seu redor, espalhavam-se algumas pastas e os registros dos empréstimos. O olhar de Montalbano resistiu um pouco a se desviar das pernas de Antonia, porque, naquela posição, a saia dela havia subido até o meio do corpo. Ele se abaixou para deixar a faca no chão, reergueu-se, deu uma passada de mão pelos cabelos e, ainda na ponta dos pés, aproximou-se do sofá. Absorta como estava na leitura de uma pasta, e escutando a música, Antonia não percebeu sua chegada.

Montalbano levantou um joelho, apoiou-o no sofá e se plantou ao lado dela.

Ouviu-se um grito abafado de Antonia, que se endireitou e se voltou para olhá-lo.

– Mas que merda você está fazendo aqui? – perguntou, com voz alterada.

– Não, quem pergunta sou eu: o que você está fazendo? – foi a resposta.

Inesperadamente, na face de Antonia despontou um sorriso.

– Boa noite – disse ela.

– Boa noite. Quer um café? – respondeu Montalbano, saindo do escritório. Movimentava-se naquela casa como se fosse dele.

Na cozinha, depois de abrir com desenvoltura armários e gavetas, encontrou uma bandeja com a imagem de dois passarinhos pousados num ramo, a qual lhe pareceu apropriada para a situação. Então colocou nela as xicrinhas, dois copos, a garrafinha de uísque, a outra que continha o café, o qual ainda estava bastante quente, e uma caixinha de biscoitos do pobre Catalanotti.

Apesar do precário equilíbrio de tudo aquilo que estava sobre a bandeja, conseguiu levá-la com a ligeireza e a elegância de um garçom de alta classe.

Antonia continuava no sofá, ainda reclinada de costas, apoiada nas almofadas, pernas estendidas. Só que havia abaixado a saia e colocado uns óculos que, na opinião de Montalbano, reforçavam sua beleza.

Com a mão esquerda, a moça deu duas batidinhas ao seu lado, convidando-o a se acomodar. O comissário pousou velozmente a bandeja sobre a escrivaninha e se sentou. Mas viu-se muito mais perto dela do que ele mesmo teria pretendido.

– Sabe o que eu descobri? Examinei estes documentos... Catalanotti era um usurário! Emprestava dinheiro a juros!

O comissário a fitava, enfeitiçado.

Como era possível? Ela colocava uns óculos e parecia mais bonita... enfurecia-se contra Catalanotti e isso lhe acrescentava mais um pouquinho de beleza?!

Sentiu-se a milhares de quilômetros da investigação, simplesmente feliz por ter Antonia ao seu lado. Não disse nada, a única coisa que fez foi se aproximar dela um pouco mais.

— E, como se não bastasse — continuou Antonia —, transcrevia todos os diálogos que mantinha com seus devedores. Veja aqui: peguei esta pasta no quarto dele. Tem um armário cheio de...

— Sei de tudo — cortou Montalbano.

— Os textos falam de um homem que se matou, talvez justamente por causa das dívidas, e fazem isso com absoluto distanciamento, quase indiferença... que coisa! Como é possível?

Montalbano ergueu os olhos para o céu, compartilhando a indignação de Antonia, mas, na realidade, o que seu corpo fez foi se mover ligeiramente para mais perto da moça, sem que ela percebesse.

Em poucos segundos, estavam praticamente colados.

Antonia se ergueu um pouco a fim de apanhar outra pasta no chão e, quando quis voltar à posição anterior, não conseguiu, porque seu lugar tinha sido inteiramente ocupado pelo comissário.

Ela não tinha escolha: ou se sentava no braço do sofá, ou no colo de Montalbano.

# II

Antonia não disse nada: passou por cima dele e foi se instalar na outra ponta do sofá, aquela que estava livre.

Montalbano também ficou mudo, enquanto seu corpo retomava, por conta própria, o trabalho de lenta aproximação, desta vez rumo ao lado oposto.

Antonia tentou se afastar, mas não conseguiu, do contrário cairia.

Então o fitou nos olhos.

Salvo retribuiu a mirada.

*É tudo tão simples,*
*claro, simples assim,*
*é tamanha a evidência*
*que quase não acredito.*
*Para isto serve o corpo:*
*me tocas ou não me tocas,*

*me abraças ou me afastas.*
*O resto é para os loucos.* \*

Saíram do chuveiro encharcados.
Olharam ao redor: de toalha de banho, nem sombra.
– Afinal, onde podem estar? – perguntou Antonia.
Finalmente Montalbano descobriu que atrás da porta havia um roupão. Pegou-o e os dois começaram a se enxugar mantendo-se abraçados. De repente pararam, fitando-se olhos nos olhos. Tinham tido o mesmo pensamento: estavam usando a casa de um morto para fazer suas coisinhas. Mas a atração de seus corpos havia sido mais forte do que qualquer consideração. Ambos sentiram o mesmo embaraço, e assim caiu entre eles um instante de pesado silêncio.
Este foi rompido por Antonia, a qual, olhando-se no espelho, começou a rir e disse:
– Veja só o que você me fez! Minha pele está toda vermelha por causa de sua barba.
– Desculpe! – reagiu Montalbano, não sabendo o que dizer.
Vestiram-se sempre em silêncio.
Levaram meia hora para acabar com o café, o uísque e os biscoitos. Traçaram até os farelinhos. Depois ela se levantou, de cara seriíssima.
– Comissário – disse –, vamos voltar ao nosso dever.
– Com todo o prazer – respondeu Montalbano. E, com um salto, ficou de pé, agarrou-a e a cobriu de beijos.
Ela se desvencilhou.
– Eu quis dizer: vamos continuar a investigação.

---

\* Sobre esta citação e as outras a seguir, ver nota do autor no final do volume. (N.T.)

Montalbano tentou uma débil resistência:

— Mas temos todo o tempo que quisermos...

— Eu disse: voltemos ao nosso dever — insistiu Antonia, resoluta, livrando-se do abraço.

Ela, porém, também não devia estar com toda aquela vontade que demonstrava por palavras: na verdade, pareceu mudar repentinamente de ideia e, como Montalbano tinha se reclinado no sofá, se estendeu ao seu lado e o abraçou. E assim, sem que eles mesmos percebessem, adormeceram.

Foi somente por volta das cinco da manhã que o comissário abriu a boca para perguntar:

— Afinal, você pode me explicar por que veio aqui?

— Eu tinha sentido uma espécie de remorso — respondeu Antonia. — Vimos os documentos no escritório, mas não tínhamos conseguido abrir o armário do quarto. Depois, nos esquecemos disso. Hoje à tarde eu me lembrei e, como dispunha de uma cópia das chaves da casa, vim e encontrei aquilo que encontrei...

— Veja bem — explicou Montalbano —, trata-se de coisas separadas. Estes registros se referem ao Catalanotti, digamos, usurário, enquanto as pastas que estão no armário do quarto são testes de audição aos quais ele submetia seus atores.

— Que testes estranhos...

E, aqui, Montalbano contou a ela sobre o método Catalanotti.

— Façamos o seguinte — propôs Antonia. — Me parece que já é tarde para começarmos a olhar estes documentos. Deixemos as coisas como estão e vamos descansar. E voltamos aqui à tarde, ali pelas duas horas.

— Não — respondeu secamente o comissário.

— Por quê?

– Porque, nesse horário, eu almoço. Mas, se você quiser ir ao Enzo comigo...

– Quero ir com você, claro.

*O que me importa se não sou bela, afinal meu amado é pintor e me pintará como uma estrela...*

Montalbano partiu assoviando, tão feliz que não percebeu os três buracos na pista que quase lhe arrebentaram o carro, porque ele estava flanando de alegria.

E continuou cantarolando, tão alegre que, ao chegar à viela na qual deveria dobrar à esquerda em direção à sua casa, continuou reto e, quando viu a placa que dizia Montereale, em vez de começar a praguejar, com um sorriso abobalhado, fez um retorno e seguiu rumo a Marinella.

Fome nenhuma, e muito menos sono.

Foi até o quarto, despiu-se e abriu o armário para pegar roupa limpa.

A primeira camisa estava com o punho esquerdo um tantinho puído.

A segunda exibia um colarinho que parecia datar da Primeira Guerra Mundial.

A terceira era de uma cor que havia sido moda nos idos de 1975, e olhe lá.

Desde quando não comprava uma camisa nova?

Em seguida, seu olhar caiu sobre os ternos pendurados. Só de vê-los, sentiu-se desanimado. Não era possível, tudo tinha um ar de empoeirado, de velho, de gasto...

Com uma espécie de raiva repentina, esvaziou o armário, jogando todos os cabides, com roupas e tudo, em cima da cama. Depois se sentou, desconsolado. A essa altura, foi inevitável ver no espelho a própria imagem refletida: olhos vermelhos, barba áspera e por fazer, da curva das sobrancelhas nasciam uns fios compridos e brancos, o ventre estava se tornando uma barriga propriamente dita. Ergueu um braço e as carnes tremeram.

Nossa Senhora Mãe de Deus! O que estava acontecendo?

Como para apagar aquela imagem, levantou-se de um salto e se dirigiu ao banheiro para tomar uma chuveirada. Já ia abrindo a torneira, quando se deteve e começou a cheirar a pele do braço esquerdo.

Milagre! Milagre!

Ainda havia um restinho do odor de Antonia.

Não seria melhor que, em vez de uma chuveirada completa, ele se lavasse aos poucos, sem deixar a água lhe passar sobre o peito? Assim, durante a manhã, um pouquinho do cheiro dela talvez lhe subisse até as narinas.

Depois, ao se escanhoar, se lembrou da frase de Antonia. De fato, sua barba parecia uma espécie de lixa! Claro, com aquele sabão barato, comprado na tabacaria, o que podia querer?

Voltou ao quarto, escolheu um paletó e uma calça que lhe pareceram melhorzinhos, mas, antes de vesti-los, estendeu-se de barriga no chão: não menos de quarenta flexões.

Já no carro, dirigiu-se acelerado ao centro do vilarejo, onde havia uma grande e resplandecente perfumaria na qual ele jamais colocara os pés.

Como ainda era cedo, não foi difícil encontrar vaga para estacionar.

Entrou e imediatamente foi invadido pelo perfume adocicado e quase nauseante que pairava no ar. Atrás do balcão estavam duas mocinhas arrumadíssimas. A mais jovem lhe dirigiu um sorriso luminoso e perguntou se podia ajudá-lo. Montalbano se sentia um tantinho sem jeito naquele ambiente que lhe parecia refinado, mas sem nenhuma elegância verdadeira.

– Estou procurando um bom creme de barbear.
– Em spray ou para pincel?
– Pincel.
– Um momento – disse a mocinha.

Afastou-se do balcão, abriu uma pequena vitrine e voltou trazendo três embalagens de creme de barbear.

– O melhor é este aqui. É francês.

Montalbano, cada vez mais atordoado pelo perfume do ambiente, limitou-se a dizer:

– Tudo bem, levo este.

Mas a garota, em vez de embalar o produto, continuava a olhá-lo.

"O que será que ela quer?", perguntou-se o comissário.
– Me permite? – disse repentinamente a vendedora.
– Claro.

Ela estendeu um braço e Montalbano recuou de chofre.
– Desculpe – disse a mocinha –, eu queria apenas...
– Eu é que peço desculpas – disse o comissário, reaproximando-se.

A garota passou delicadamente os dedos sobre a face dele, como se lhe fizesse uma carícia.

– Sua pele está muito desidratada, o senhor realmente precisa de uma boa loção pós-barba.

Montalbano abriu os braços, em sinal de resignação.

A garota abriu outra vitrine, pegou alguma coisa e voltou.

Abriu a embalagem, desatarraxou a tampa e colocou o frasco sob o nariz dele.

– Sinta que perfume bom!

Montalbano farejou, realmente o cheiro era agradável.

– É da mesma marca do creme. Mas eu também queria lhe mostrar outra coisa.

Tirou de uma gaveta um tubo todo reluzente e fez o comissário sentir o perfume.

– O que acha?

– O que é isto? – perguntou Montalbano, com a sensação de ter entrado repentinamente num templo budista.

– É um sabão líquido feito com os sais do Mar Morto e puro incenso iemenita.

O comissário queria apenas sair daquele lugar o mais depressa possível. Então disse à vendedora que havia gostado mais do primeiro.

Enquanto a garota se afastava para embrulhar os produtos, uma mulher elegantíssima entrou na loja. A outra vendedora, que havia permanecido o tempo todo sentada atrás do balcão, cumprimentou-a.

– Bom dia, dona Geneviève.

Ao ouvir esse nome, Montalbano se voltou para fitá-la nos olhos. A recém-chegada estava fazendo o mesmo. O comissário, com vergonha por ser flagrado dentro de uma perfumaria, gostaria de desaparecer da face da terra, mas foi vencido pela curiosidade de ver a mulher que talvez fosse aquela que morava em cima do morto de Augello. Nesse momento, ela lhe sorriu e perguntou:

– O senhor não é o famoso comissário Montalbano?

Agora, em vez de desaparecer, ele gostaria de despencar no chão em estado de cadáver.

– Sim.

E a outra, simples e direta:

– Eu tenho o prazer de conhecer seu vice, Domenico Augello.

— Eu também — declarou Montalbano, xingando-se em silêncio pela besteira que acabava de dizer.

Genoveffa, ou melhor, Geneviève, a qual evidentemente não sabia o que era discrição, perguntou:

— Está aqui para comprar alguma coisa para sua companheira?

O comissário não respondeu. Virou-se para sua vendedora e disse:

— Desculpe, está tarde, preciso ir agora mesmo.

— Já terminei — disse a mocinha. — Aqui está seu pacote. Também coloquei dentro umas amostras masculinas para o contorno dos olhos. Tenho certeza de que o senhor vai gostar muito. Ah, e depois me diga o que achou do creme e da loção pós-barba.

Montalbano não ergueu a cabeça. Fez uma meia inclinação dirigida a Genoveffa, ou melhor, Geneviève, foi até o caixa, pagou com cartão, sem olhar o valor, e saiu.

Para se recuperar da vergonha e do cheiro que o impregnava, dirigiu-se a um café. Entrou, pediu e, enquanto esperava diante do balcão, abriu a sacola da perfumaria.

Pegou a nota fiscal, olhou-a e quase desabou no chão.

Tinha despendido quase o valor de um jantar para dois no melhor restaurante de Palermo. Mas, ao imaginar que Antonia, quando o acariciasse, acharia sua pele macia, e não uma verdadeira lixa, disse a si mesmo: "Ok, o preço foi justo".

Entrou no carro, arrancou para ir ao comissariado, mas foi tomado por uma dúvida. Desligou o motor e ficou pensando um tempinho. Não seria melhor resolver logo naquela manhã o problema do vestuário? Tinha chegado até ali, melhor ir até o fim.

Engrenou de novo, partiu e, miraculosamente, encontrou vaga em frente à loja masculina mais chique de Vigàta.

Aqui não havia vendedoras mulheres, o pessoal era... como era o pessoal? Certamente eram homens, mas, pela maneira como se moviam, pareciam mais mulheres do que as vendedoras da perfumaria.

Montalbano disse que queria umas camisas. Instalaram-no em uma poltrona de veludo vermelho e depois perguntaram a medida do seu colarinho. Ele respondeu que não sabia, então o vendedor lhe pediu que ficasse de pé e passou uma fita métrica em torno do seu pescoço. Nesse preciso momento, ele ouviu uma voz feminina:

– Oh, que beleza, comissário! Isto é o que se chama destino! Certamente significa que devemos nos tornar amigos!

Era Genoveffa, ou melhor, Geneviève.

De novo, o comissário xingou internamente, mas conseguiu exibir um meio sorriso.

O vendedor voltou trazendo uma pilha de camisas e espalhou-as sobre o balcão. Materializou-se então um desfile de cores a meio caminho entre um circo itinerante e a passagem de uma tradicional carroça siciliana: tecidos de poás, de listras largas e listras estreitas, em arco-íris, estampadas com girafas pequenininhas ou enormes, com punhos destoantes em relação à gola, com botões diferentes um do outro, com colarinho à coreana, com uma gola anos 1970 que ia até o meio da barriga. Tudo isso era realmente demais para Montalbano, que não conseguiu dizer nada e se encaminhou para a saída.

Foi interceptado por Genoveffa, ou melhor, Geneviève:
– Posso lhe ser útil?

O comissário a olhou como se visse uma boia salva-vidas.

– Sim, obrigado.

– Creio ter percebido que o senhor precisa de uma camisa, é isso?

— Certo, mas não dessas aí — respondeu Montalbano em tom desconsolado e apontando o balcão.

Genoveffa, ou melhor, Geneviève, disse algumas palavras mágicas ao vendedor, o qual se afastou para dali a pouco voltar trazendo uma nova pilha de camisas, estas sim, usáveis.

Juntos, Montalbano e ela escolheram três: branca, azul-celeste e mais uma azul-celeste, mas com listras fininhas, fininhas.

Havia despendido quase o equivalente a quatro almoços, sempre no mais requintado restaurante de Palermo. Despediu-se de Genoveffa, ou melhor, Geneviève, agradecendo-lhe mais uma vez, foi até o carro, colocou as camisas no assento traseiro e partiu rumo ao comissariado.

Parou logo depois.

De que adiantavam as camisas novas, se os ternos eram uma porcaria?

Precisava absolutamente comprar pelo menos dois.

Retornar ao estabelecimento anterior não era o caso. Iria encontrar de novo aquela chata de Genoveffa, ou melhor, Geneviève. Lembrou-se de que no final da avenida havia uma loja de roupas de boa confecção.

Arrancou, mas parou de novo. Percebeu que o trânsito havia ficado mais intenso, talvez ele já não encontrasse vaga para estacionar. Então desceu do carro e seguiu a pé.

No meio do trajeto, avistou uma tabuleta de barbearia.

Olhou lá dentro, percebeu que havia uma cadeira livre, entrou e se sentou.

Pediu ao barbeiro uma aparadinha no cabelo e no bigode. Ao longo de toda a operação, manteve os olhos fechados. De fato, atrás de suas pálpebras corria uma imagem transversal que partia da escápula esquerda de Antonia, terminava em seu flanco direito e depois recomeçava. O barbeiro perguntou se ele queria o serviço completo, que incluía xampu, creme para cabelos, para o rosto, para os olhos... O comissário aceitou e assim, quando ergueu as pálpebras e se viu no espelho, foi tomado por um enorme espanto, porque quase não se reconheceu. Mas o que conseguiu reconhecer lhe pareceu bom.

Havia gastado quase um jantar de peixe, sempre no melhor restaurante de Palermo. Saiu e dirigiu-se à tal loja.

Aqui, perdeu o resto da manhã.

Depois de ver um monte de ternos e de escolher dois, foi prová-los. De um, as mangas eram compridas demais; no outro, o problema era a calça, que ficava muito apertada na cintura. Um vendedor lhe tirou as medidas certas e disse que ele poderia vir buscá-los no dia seguinte, à tarde. Amanhã? Mas ele precisava dessas roupas dali a menos de duas horas! Então, além dos dois ternos escolhidos, teve de comprar um paletó e uma calça avulsos, e estes, sim, lhe caíram muito bem.

Havia despendido quase o equivalente a uma comemoração de batizado, sempre no mesmo restaurante.

Saiu, refez a pé o caminho, comprou dois maços de cigarros e umas pastilhas de menta para ter um hálito agradável, mas o pacote caiu no chão, e, ao se inclinar para apanhá-lo, constatou que seus sapatos estavam gastos.

Temendo que o comércio estivesse prestes a fechar para o almoço, partiu quase correndo para a loja de Umberto Amato, famigerado bandido, na qual ele tinha jurado jamais pôr os pés.

A fama de Umberto Amato se revelou quase inferior à realidade.

Por um par de sapatos, aquele assaltante lhe cobrou praticamente o mesmo total que ele pagaria se fosse à Inglaterra em um voo privado.

E mesmo assim, sabe-se lá por quê, sabe-se lá como, o comissário saiu todo sorridente da loja para se dirigir ao carro.

A certa altura, viu uma vitrine na qual se exibiam umas meias maravilhosas e elegantíssimas.

Claro, combinariam muito bem com a calça nova.

"Não!", disse ele a si mesmo, num impulso de orgulho masculino. "As meias, não! Fico com as minhas!"

Passava um pouco da uma da tarde quando ele entrou no comissariado.

Foi assediado pelos brados de Catarella.

– Ah, dotor, dotor! Fiquei a manhã inteira lhe...

Montalbano se voltou, encarou-o com expressão imperiosa e levou o indicador aos lábios.

Catarella silenciou de imediato.

Quando se dirigia ao banheiro, o comissário foi interceptado por Fazio.

– Doutor, mas que fim o senhor levou? Seu celular está desligado, e eu fiquei a manhã inteira à sua espera para irmos ver Nico Dilicata.

– Puxa vida! – reagiu Montalbano, sorrindo. – Eu tinha esquecido. Vamos amanhã. Aliás, meu amigo, qual é a pressa? Agora tenho outras coisas a fazer, até logo.

E, seguido pelos olhares espantados de Fazio e Catarella, foi se fechar no banheiro, levando todos os pacotes e pacotinhos.

Faltavam doze minutos para as duas quando a porta do banheiro se abriu.

Montalbano saiu parecendo um modelo: elegante, perfumado, com sapatos novos e reluzentes.

No corredor havia mais gente agora: além de Fazio e Catarella, também o esperavam Gallo e Galluzzo. Todos iam abrindo a boca para falar com ele, mas acabaram só olhando, embasbacados.

Jamais tinham visto o comissário tão alinhado.

Montalbano não tinha nem tempo nem vontade de explicar nada, e deixou isso claro simplesmente detendo-os com a mão direita erguida.

Parecia um daqueles príncipes dos tribunais que, ao término de uma sessão importante, assediados pelos jornalistas, respondem às perguntas somente com um lacônico "no comment".

Faltavam dois minutos para as duas quando ele, cantando pneu, estacionou em frente ao Enzo.

Desceu e se plantou na porta do restaurante, à espera de Antonia.

Ficou assim, aguardando, durante pelo menos quinze minutos.

Antonia não aparecia.

Eram duas e vinte e cinco quando ele resolveu esperar lá dentro.

Mas, assim que entrou no restaurante, seu olhar foi magnetizado por uma cena que o paralisou: Antonia estava sentada a uma mesa com um homem, e sorria para ele!

Montalbano se sentiu desfalecer.

Quem seria esse homem, de costas, que... e o reconheceu. Era Enzo. Os dois estavam se divertindo.

Montalbano, enfurecido pelo ciúme, sentiu impulsos de se dirigir até a mesa, arremessar um guardanapo na cara de Enzo e dizer: "Considere-se esbofeteado". Mas, afinal, a felicidade por rever Antonia levou a melhor.

Aproximou-se, inclinou-se, beijou-a quase na boca e, sem conceder a Enzo sequer uma olhada, disse:

– Finalmente.

– Você me fez esperar – comentou Antonia, gélida.

Enquanto isso, Enzo se levantava e, cedendo a ele o lugar, perguntou:

– O que eu posso lhes trazer?

Montalbano olhou interrogativo para Antonia, a qual disse:

– Estou morrendo de fome, escolha por mim, por favor.

O comissário pediu uns antepastos substanciosos e depois, quando Enzo se afastou, segurou a mão de Antonia e sorriu.

Antonia retirou a mão sem retribuir o sorriso.

– O que houve? – perguntou ele, alarmado.

– O que deveria haver? Nada – retrucou a moça. Lançou-lhe uma rápida olhada e continuou: – Eu gostava mais de como você era antes.

– Antes, quando?

– Antes, antes. Esse corte de cabelo te envelhece, e também você está... como direi, todo lustroso, parece que caiu num pote de brilhantina. E tem um cheiro estranho. E esse paletó, enfim...

– O que há com o paletó?

– Te engorda.

Mas como?! Não tinha dormido, não tinha trabalhado, tinha passado a manhã fazendo compras, tinha gastado um patrimônio e parecia mais velho e mais gordo?!

Já ia se levantando, com raiva, quando ela pousou a mão sobre a dele, acariciou-a e, com um sorriso, disse:

– Ora, não leve a mal.

## 12

Felizmente, chegaram as *sarde a beccafico*, as alcachofras fritas e uns polvinhos avinagrados. Mas a fome de Montalbano havia passado.

Ou melhor, ele apenas pensou que havia passado, porque, quando viu com quanto prazer e satisfação Antonia traçava aos poucos todos os antepastos, experimentou dar uma beliscadinha, e mais uma, e outra ainda, até compreender que a fome não somente não tinha passado como estava voltando mais imperiosa do que antes.

E assim tudo virou uma grande troca de sorrisos e de olhares nos olhos e de brindes à felicidade recíproca.

Instintivamente, por baixo da mesa, as pernas de Montalbano buscaram as de Antonia, as quais se enroscaram nas dele como raízes de uma árvore.

"Que alívio!", disse o comissário a si mesmo, "estamos de bem outra vez."

Não tinha sequer acabado de formular esse pensamento, quando ela se desvencilhou e disse, severa:

– Sejamos sérios, Salvo. Não podemos esquecer que estamos aqui pela investigação.
– Você está aqui somente por isso?
– E por qual outro motivo seria?

Montalbano baixou a cabeça e começou a comer os *spachetti alla carrittera*. Mas de repente se deteve, com o garfo no ar, porque as pernas dela vieram buscar as dele. O comissário ergueu o os olhos e a fitou. Antonia exibia uma expressão divertida. Montalbano se sentiu como se tivesse entrado numa montanha-russa da qual não podia ou talvez não quisesse sair.

Quando ele ia pagar a conta, Enzo informou:
– Não precisa.

O comissário, prestes a se enfurecer, virou-se para Antonia:
– Você pagou?!
– Eu, não.
– Se permitirem, oferta da casa. Homenagem à beleza! – disse Enzo, inclinando-se diante de Antonia.

Enquanto dirigia rumo à via La Marmora, Montalbano espontaneamente apoiou a mão direita sobre a perna esquerda de Antonia. Esta, sem dizer palavra, tirou-a dali e colocou-a sobre o volante.

"Nossa Senhora, que mulher arisca!", pensou Montalbano, sentindo desaparecerem todas as esperanças que havia alimentado para aquela tarde.

Tendo chegado ao prédio de Catalanotti, estacionou.

Antonia desceu e, já levando na mão as chaves, encaminhou-se disparada rumo ao portão. Montalbano precisou fechar o carro às pressas e correr para alcançá-la. Ela já entrara no elevador, deixando a porta aberta. Montalbano fechou, apertou o botão, deu um sorrisinho para ela, mas nada.

Com as costas grudadas ao fundo do elevador, Antonia olhava para o teto. A distância entre os dois podia ser de meio metro, mas a atitude da moça era como se fosse de milhares de quilômetros.

Chegados ao andar, Montalbano lhe deu passagem, ela foi abrir a porta e entrou. O comissário a seguiu, virou-se para fechar, virou-se de volta e foi atirado contra a madeira pelo corpo de Antonia, a qual se jogara literalmente em cima dele e, com toda a força, pressionava os lábios em sua boca.

*Deixa livres minhas mãos,*
*E também meu coração!*
*Deixa que meus dedos percorram*
*Os caminhos do teu corpo.*
*[...] É um incêndio!*

Enxugaram-se com o mesmo roupão, vestiram-se de novo.

Montalbano contou rapidamente tudo o que havia sido descoberto por meio dos interrogatórios e as conclusões às quais ele e sua equipe tinham chegado no comissariado.

Por fim, acrescentou:

– Faço a você uma proposta. Pegamos agora e dividimos entre os dois aquelas pastas do armário, devem ser umas cem. Por meio dos testes de audição e sobretudo dos comentários de Catalanotti, tentamos entender os vários perfis. Seguramente vamos encontrar alguns muito curiosos e interessantes. Deixamos à parte estes últimos e, depois, vamos examiná-los de novo, juntos. Concorda?

– Concordo – respondeu Antonia, colocando os óculos.

Fizeram um trabalho meticuloso. De fato, quando terminaram já eram quase nove horas da noite.

Guardaram de volta as pastas, deixando de fora somente umas dez.

Conversaram sobre o que haviam encontrado e depois Antonia perguntou:

– E o que fazemos com estas pastas? Deixamos aqui, ou você leva para o comissariado?

– Eu deixaria aqui – respondeu Montalbano, sonso –, afinal devemos examiná-las juntos...

– Tudo bem – disse Antonia.

O comissário fitou-a e perguntou, sorrindo:

– Jantamos fora, ou você vem comigo pra Marinella?

– Nenhuma das duas coisas – cortou ela, brusca. – Preciso voltar para casa. Pode me dar uma carona até meu carro?

Compreendendo que a montanha-russa estava de novo em ação, Montalbano acenou que sim e os dois saíram do apartamento de Catalanotti.

Dirigindo rumo ao estacionamento de Enzo, o comissário tentou, sem nenhuma esperança, um movimento de aproximação, pousando a mão direita sobre a perna esquerda de Antonia. Esta repetiu o gesto da outra vez: tirou-a dali e a repôs sobre o volante.

Como se queria demonstrar.

– O que vamos combinar? – perguntou Montalbano.

– Eu lhe telefono – retrucou Antonia, saindo do carro dele sem lhe conceder sequer um beijinho.

Tinha passado havia muito a hora da comilança noturna e o estômago lhe recordava isso resmungando surdamente. Para acalmá-lo, Montalbano pousou a mão sobre a barriga, quase acariciando-a: sentia orgulho de seu corpo, o qual podia, sim, estar desgastado pela idade, mas, no final das contas, havia se comportado bem, ou melhor, em poucas palavras, havia se revelado superior a qualquer expectativa. Entrou na viela que levava à sua casa, mas precisou frear bruscamente, porque encontrou a pista barrada por três carros. Sabe lá por quê, ocorreu-lhe que podia ser um atentado. No escuro, vislumbrou três silhuetas masculinas. Instintivamente, engrenou a ré e arrancou para retornar à estrada, enquanto, com a mão direita, abria depressa o porta-luvas e empunhava a arma. Nesse exato momento, ouviu uma voz.

– Salvo, sou eu, Mimì.

Com um suspiro de alívio, fechou o porta-luvas e retomou a viela, enquanto, à luz dos faróis, reconhecia, além de Mimì, também Gallo e Fazio. Desceu do carro.

– Que merda vocês estão fazendo aqui?

– Mas que fim você levou, cacete? – reagiu Augello. – Hoje de manhã esteve no comissariado durante poucos minutos, se embonecou todo e depois desapareceu o dia inteiro! Celular desligado! No telefone daqui de Marinella, ninguém atendia! Não lhe ocorreu que podíamos precisar de você, Deus do céu? A certa altura, acabamos preocupados.

– Preocupados por quê?

– Porque você estava usando um disfarce.

– Disfarce? Eu?

– Foi o que Fazio me disse, certo? Ele disse que você parecia um modelo de desfile de moda. Então pensamos que iria executar alguma missão secreta.

– Mas que babaquices vocês pensam! Se quiserem me dar uma bronca, tudo bem, podem dar. Do contrário, voltem para o comissariado, ou então para suas casas.

– Boa noite – disse Gallo, sem esperar segunda ordem. Entrou no carro dele e começou a executar a difícil manobra de se desviar dos outros veículos parados.

E, como Fazio e Augello não demonstravam a mínima vontade de ir embora também, Montalbano tomou uma decisão.

– Vamos estacionar direito e entrar todo mundo em casa.

A noite estava bastante agradável, sentaram-se na varanda. Montalbano foi até a cozinha: no forno havia bifes rolê ao molho de tomate, acompanhados de batatas cozidas.

– Vocês já comeram? – perguntou ele, lá de dentro.

– Não – responderam os dois, em coro.

– Então, arrumem a mesa.

Augello e Fazio obedeceram. Enquanto a comida esquentava, Montalbano abriu um vinho tinto de qualidade e encheu os copos.

– E então, o que me contam de bom?

– Salvo – retrucou Mimì, em tom ressentido –, chega desta palhaçada. Fale.

– Fiz uma coisa que nenhum de vocês pensou em fazer. No quarto de Catalanotti havia uma espécie de armário dentro do qual encontrei mais de cem pastas. Examinei todas, li uma por uma, levei nisso o dia inteiro. São as transcrições dos testes de audição aos quais ele submetia seus candidatos a ator.

Mimì o encarou, admirado. O comissário prosseguiu:

– Há uns dez documentos interessantes, que deixei separados. Amanhã vou estudá-los.

– Quer que eu vá junto? – ofereceu-se Fazio, curiosíssimo.

– Mas nem por um caralho! – reagiu Montalbano, instintivamente.

Fazio olhou para ele, surpreso.

– O que eu fiz, comissário? Falei alguma coisa errada?

– Não, desculpe, desculpe. É que... como direi... inventei um método bem pessoal, e por isso prefiro continuar sozinho. Já você, amanhã de manhã avise a Nico que por volta das dez e meia estaremos na casa dele.

— Tudo bem, tudo bem.
Para mudar de assunto, o comissário se levantou e disse:
— Acho que os bifes rolê já esquentaram.
Foi até à cozinha e voltou com a travessa fumegante. Serviu os pratos e perguntou de novo:
— E então, o que me contam de bom?
Fazio e Augello se entreolharam, e foi Mimì quem falou primeiro.
— Eu ainda não consegui descobrir quem é a loura de Catalanotti, mas acho que tenho uma boa pista.
— Pois eu — disse Fazio —, estou com as chaves!
— As chaves de quê? — perguntou o comissário, atarantado, segurando no ar o garfo com uma batata espetada.
— O responsável pela agência voltou e eu o convenci a me dar as chaves — retrucou Fazio, tirando-as do bolso.
— Mas a agência de quê? — prosseguiu Montalbano, girando o garfo com a batata.
— Comissário, as chaves do apartamento da via Biancamano!!! — exclamou Fazio, elevando o tom de voz e falando como quem se dirige a uma criancinha.
— O meu morto! — saltou Augello.
Ao ouvir essa frase, Montalbano finalmente entendeu. Então, para manter a compostura, disse:
— Já era hora! — e calou-se.
— Eu vou lá — declarou Mimì Augello. — Até aproveito pra falar com Geneviève.
— Ninguém vai a lugar nenhum — cortou Montalbano. — Deixe essas chaves comigo.
Fazio as entregou e nesse exato momento o telefone fixo tocou. Era Livia.
Augello perguntou, com gestos, se o comissário preferia que eles dois se afastassem para deixá-lo falar em paz. Montalbano acenou que não com a cabeça e foi atender na sala.

– Desculpe, Livia, mas Fazio e Augello estão aqui, vieram discutir comigo um caso muito complicado.
– Sem problema. Te desejo uma boa noite.
– Durma bem, você também – respondeu Montalbano e voltou para a varanda.
– Agora, temos o tempo que quisermos para fazer um balanço das investigações.

Ele nem havia terminado a frase quando o telefone tocou de novo. Levantou-se de má vontade, imaginando que fosse Livia, para dizer alguma coisa que havia esquecido de falar na ligação anterior.
– Alô – atendeu, em tom irritado.
– Sou eu.

Era Antonia. Montalbano estremeceu e disse:
– Pode esperar somente dois segundos?
– Claro.

Ele disparou como um foguete até a varanda.
– Bom, agora me façam o favor de ir embora imediatamente.
– Mas você não queria fazer um balanço das... – reagiu Augello, espantado.
– Não! Saiam já.

E, como os dois se levantaram às pressas, o comissário praticamente os empurrou para dentro e os dirigiu, sempre empurrando, até a porta da casa. Murmurando, com medo de que Antonia pudesse ouvir, disse:
– Nos vemos amanhã de manhã no comissariado.

Fechou a porta atrás deles e correu de volta ao telefone.
– Você ainda está aí?
– Sim, claro.
– Tive medo – confessou Montalbano, sentindo o corpo relaxar.

– De quê?
– De você ter desligado. Mas, afinal, como descobriu meu número?
– Comissário, eu sou chefe da perícia. Não se esqueça disso.
– Seja como for, é maravilhoso ouvir sua voz – declarou Montalbano, de olhos fechados e completamente embevecido.
– Mas eu não lhe telefonei pra você ouvir minha voz.
– Foi pra quê, então?
– Pra lhe dizer que amanhã não podemos nos ver.
Ploft, fez o coração de Montalbano, caindo no chão.
Ele, porém, não desanimou e até conseguiu dizer, com voz firme:
– Bom, vamos nos ver ainda hoje.
– Ora, fala sério. Amanhã preciso ir a Palermo e não sei quando volto.
– Então eu lhe telefono à tarde e...
– Não. Eu telefono a você – disse ela, e desligou.
Montalbano ficou um tempinho segurando o fone, depois o largou, foi até a varanda e começou tristemente a tirar a mesa.
Em seguida, sentindo os olhos quase se fechando, decidiu ir se deitar para recuperar um pouco do sono perdido na noite anterior. Ao despir o paletó, percebeu que no bolso havia uma penca de chaves. Lembrou que eram as que Fazio havia deixado com ele, as chaves do apartamento do morto de Augello. Então, apesar do cansaço, pensou em pegar o carro e ir até lá imediatamente, mas logo lhe ocorreu outra ideia que lhe pareceu bem melhor: por que não pedir a Antonia que o acompanhasse nessa visita? Inclusive ela poderia encontrar na cama do morto eventuais indícios que ele não tivesse notado

a olho nu. Assim que se deitou e fechou os olhos, logo lhe surgiu a imagem de Antonia. Dirigiu a ela um enorme sorriso e adormeceu.

Às dez e meia da manhã seguinte, vestido na roupa nova e com Fazio ao lado, interfonou a Nico.

Margherita veio abrir e avisou:

– Eu estava esperando os senhores. Queiram me desculpar, mas preciso sair agora mesmo.

– Sem problema – disse Montalbano, estendendo a mão à garota.

Encontraram Nico deitado no sofá.

– Por favor, por favor, fiquem à vontade.

Montalbano e Fazio pegaram duas cadeiras e se sentaram ao lado dele.

– Posso oferecer alguma coisa?

– Não, não, obrigado – responderam os dois em coro.

– Durante os últimos dias – principiou o comissário –, você certamente conseguiu pensar no que aconteceu.

– Sim, não fiz outra coisa.

– Ótimo. E tem algo de novo a nos dizer?

– Não, comissário. Não somente não sei quem atirou, como também não consigo sequer imaginar o motivo. Estou cada vez mais convencido de que foi um engano.

– Posso ir à sacada um instante para olhar lá fora? – pediu Montalbano, levantando-se.

– Claro – respondeu o rapaz.

O comissário foi até a porta balcão, abriu-a e saiu para a sacada. O portão do prédio era bem ali embaixo, e em frente via-se o imóvel em cujo térreo ficava o armarinho e que tinha seis andares. Como era um belo dia de sol, todas as sacadas exibiam roupas penduradas para secar. Montalbano entrou de volta e se sentou de novo.

— Em resumo — disse —, você confirma que, ao sair pelo portão, não notou a presença de ninguém?

— Confirmo.

— E isso é muito estranho.

— Por quê?

— Porque, ao sair, você forçosamente vislumbraria aquele ou aquela que logo depois lhe deu um tiro. A balística é clara. Seu agressor estava diante de você. Agora, por favor, me diga quem é.

— Não posso dizer, porque não vi ninguém.

— Há uma testemunha — chutou Montalbano. — Uma mulher.

O sobressalto de Nico, embora ele estivesse deitado, foi evidente.

— Impossível.

— Impossível por quê? Não sabe quanta gente mora nesse prédio fronteiro ao seu?

— Posso saber o nome dessa pessoa?

— Não. Apenas lhe digo que ela irá esta tarde ao comissariado, porque, tendo visto muito bem seu agressor, pode fazer um retrato falado.

Nico enxugou com um braço a testa suada.

— Tem certeza de que não tem nada a informar? — insistiu Montalbano.

A essa altura, a atitude de Nico mudou de repente.

— Comissário — declarou ele, sentando-se —, isto que o senhor está fazendo comigo é um interrogatório?

— Não. Como vê, ninguém está anotando nem gravando.

— Melhor assim.

— Melhor, por quê?

– Porque, de agora em diante, eu só responderei às suas perguntas na presença do meu advogado, como manda a lei.

Era uma declaração definitiva. Por isso, Montalbano se levantou, fez sinal a Fazio para acompanhá-lo e, despedindo-se com um aceno da mão, sem conceder sequer uma olhada a Nico, os dois saíram.

– Agora – disse o comissário, quando já se encontravam no carro –, nesta mesma manhã você deve me conseguir uma foto de Tano Lo Bello.

– Acha que foi ele?

– É possível, e vou tentar descobrir. Mas a arapuca deve ser perfeita.

– Como assim?

– Antes, preciso falar com a namorada de Nico.

– Devo chamá-la para quando?

– Para hoje à tarde, ali pelas cinco.

Se Antonia telefonasse, ele cancelaria a convocação de Margherita.

Havia começado a assinar os primeiros documentos da enorme pilha à sua esquerda, quando cismou de usar uma hidrográfica verde para ver a reação das instâncias superiores. Abriu a gaveta do meio para pegar a caneta e topou com um maço de papéis encadernados em espiral de plástico preto, em cuja capa estava escrito: *Esquina perigosa*. O que era? Abriu, deu uma olhada superficial. Nada. Eram diálogos entre pessoas com nomes em inglês. Mas de repente se lembrou. Aquilo era o texto da peça que Catalanotti queria montar. Devolveu à pilha o documento burocrático que segurava e, com um suspiro de alívio por ter um bom pretexto para evitar aquelas assinaturas, começou a ler.

Levou quase duas horas até finalmente erguer a vista. Era uma peça belíssima. E a chave de tudo podia estar em compreender de que modo Catalanotti havia decidido encená-la. Devia absolutamente falar disso com Mimì e Fazio, então resolveu pegar uma folha de papel e escrever uma espécie de resumo.

*Cortina fechada, voz de homem e mulher falando de ilusão e verdade.*

*Sempre no escuro, ouve-se um tiro de revólver e um grito de mulher.*

*A cortina sobe. Ambiente burguês, no qual se encontram quatro mulheres (Freda, Betty, a srta. Mockridge, Olwen) que acabaram de ouvir uma peça no rádio. Comentários variados.*

*Chegam os homens. Compreendem-se os casais: Freda é casada com Robert Caplan, Betty com Gordon Whitehouse, irmão de Freda, e há um terceiro homem, Stanton, que trabalha na editora de Robert. A srta. Mockridge é uma escritora e Olwen também trabalha na mesma empresa.*

*Vem-se a saber que, um ano antes, Martin, irmão de Robert, depois de ser acusado de furtar 5 mil libras esterlinas, se matou com um tiro.*

*A certa altura, Freda exibe uma caixa de charutos que é também caixinha de música, e Olwen a reconhece, dizendo que ela pertencia a Martin. Na realidade, Olwen não poderia saber que a caixa era de Martin. Pedem-lhe explicações, Olwen tenta mudar de assunto.*

*Gordon procura no rádio uma música dançante, para evitar que continuem falando do assunto. O rádio para de funcionar.*

*Mas Robert insiste em descobrir mais sobre a caixa de charutos: como Olwen podia saber que ela pertencia a Martin?*

*Robert quer conhecer a Verdade.*

*Olwen é obrigada a admitir que foi encontrar Martin no chalé dele, na noite do suicídio. Freda também confessará ter estado lá na tarde do mesmo dia.*

*A revelação da verdade traz à luz amores e ódios inconfessáveis:*

*Olwen era apaixonada por Robert (a própria mulher deste, Freda, dirá isso).*

*Freda mantinha uma relação de muitos anos com o cunhado Martin.*

*Martin era amado também por Gordon, marido de Betty.*

*Freda e Gordon, irmãos, discutem sobre quem era mais correspondido por Martin: uma dupla de histéricos que brigam a respeito de um morto.*

*Descobre-se que Stanton havia jogado os dois irmãos um contra o outro, insinuando a Martin que havia sido Robert a roubar as 5 mil libras e vice-versa. A atmosfera vai se tornando cada vez mais pesada.*

*A certa altura, Olwen confessará ter sido ela quem matou Martin por acidente, para se defender de uma agressão sexual por parte dele, o qual estava sob efeito de drogas. Stanton não se surpreende com a confissão e relata os três elementos que sempre o tinham feito suspeitar de Olwen.*

*Olwen revela que, depois do incidente com Martin, se dirigiu ao cottage de Stanton e ali o encontrou fazendo amor com Betty.*

*Betty, que parece a bonequinha ingênua do grupo, na realidade não é nada disso e tem um relacionamento, apenas sexual, com Stanton. Na verdade, seu marido Gordon não lhe concede nenhuma atenção.*

*Descobre-se que na verdade foi o próprio Stanton quem se apoderou do dinheiro para satisfazer inclusive os desejos de Betty.*

*A essa altura, Robert revela seu amor por Betty, do qual Freda tinha conhecimento, e fica transtornado ao descobrir que Betty não é quem ele imaginava.*

*A Verdade é pesada demais para todos: então decidem que nunca falarão disso com ninguém.*

*Olwen, que foi quem apertou o gatilho, parece a única a sair limpa de tudo.*

*Robert é o mais desesperado, ao constatar que a realidade na qual viveu até então é somente um mundo de ilusões. A Verdade é totalmente diferente. Freda lhe recorda que foi ele quem começou. A cena escurece.*

*Luz: Todos estão na posição do primeiro ato. A peça recomeça no ponto das perguntas sobre a caixinha de música. Gordon consegue encontrar no rádio uma música dançante e todos bailam.*

*Cai o pano.*

O comissário guardou de volta o texto na gaveta. Olhou o relógio: era hora de ir comer.

## 13

Saiu da trattoria de Enzo completamente empanturrado. Fez a caminhada habitual até o recife plano, sentou-se e começou a refletir sobre o que havia lido. A peça era tão bem escrita que o comissário conseguiu imaginar facilmente os personagens e a movimentação deles em cena.

Mas como Catalanotti a teria imaginado?
Que tipo de testes havia pensado em fazer?
Ou talvez tivesse feito?
Tentou recapitular as primeiras falas, aquelas sobre verdade e ilusão.
Já havia lido aquilo. Mas onde?
Com certeza, alguma ajuda lhe viria das dez pastas a serem examinadas junto com Antonia.
E sabe lá onde e com quem estava Antonia naquele momento...
O celular tocou. Esperando que fosse ela, tentou puxá-lo do bolso, mas, quando já quase conseguira, o aparelho lhe escorregou da mão e foi parar perigosamente junto à borda do

recife. Ele deu um salto para diante e o agarrou, molhando-se e sujando-se todo.

– Alô...!

Era Livia. A decepção foi profunda. Por que ela telefonava àquela hora?

– O que foi? – perguntou, irritado.

– Desculpe, interrompi alguma coisa?

– Claro, estou em reunião.

– É rápido: queria lhe dizer que chego aí amanhã de manhã no primeiro voo, que aterrissa em Punta Raisi às dez.

– Não! – bradou Montalbano.

– Não o quê? É cedo demais? Complicado para você ir me buscar no aeroporto? Não se preocupe, eu vou de ônibus até aí.

– Não. Você não pode vir.

– Deus do céu, mas por quê?

Montalbano não sabia o que responder.

Desligou o telefone, diria a Livia que a ligação tinha caído. Depois, imaginando que ela iria procurá-lo no comissariado, porque o imaginava em reunião, criou coragem e telefonou de volta.

– Desculpe. Saí da reunião, agora podemos falar.

– Pode me dizer o que deu em você? Por que eu não posso ir?

– Livia, hoje à noite eu tento lhe explicar com calma, agora só posso lhe dizer que não é o caso de você vir. Não me encontraria.

Era apenas meia mentira, porque, de fato, se Livia viesse, não encontraria mais o Montalbano que ela conhecia.

– Certo. Nos falamos hoje à noite.

Quando voltou ao trabalho, ele passou uma meia hora andando pra lá e pra cá e depois releu o resumo da peça. Ia dobrando a folha de papel, quando Fazio entrou.

— Sente-se.

E, sem acrescentar nada, o comissário estendeu a ele a página com seu resumo de *Esquina perigosa*. Fazio leu e depois perguntou, desnorteado:

— Mas o que é essa embrulhada toda?

— É o enredo da peça que Catalanotti estava preparando, e para a qual procurava atores.

Sem dizer uma palavra, Fazio releu com atenção o papel e, de novo, olhou interrogativo para Montalbano. Este perguntou:

— Lembra que havíamos suposto que o assassino podia ser alguém que tivesse se rebelado contra os testes, digamos assim, cruéis, aos quais Catalanotti submetia seus candidatos?

— Sim.

— Estou achando que esta peça oferecia a ele a possibilidade de liberar sua fantasia até limites extremos.

— O que quer dizer?

— Fazio, estamos falando de gente burguesa, que tem um trabalho burguês e leva uma vida burguesa. Eles não têm problema de nenhum tipo, a não ser o de continuar vivendo num mundo de ilusões. Certa noite, um deles, Robert, pede a verdade sobre uma coisa aparentemente sem importância. No entanto, é o suficiente para desencadear uma encrenca da qual resulta inclusive um morto. E talvez dois.

— Ou seja, vossenhoria pretende conduzir a investigação entre as pessoas que Catalanotti procurava para o espetáculo?

— Exatamente.

— Mas, doutor, quero apenas lhe recordar uma coisa: acho que na peça também se fala de um dinheiro roubado e não restituído.

— E daí?

— Daí, vossenhoria não deve esquecer que Catalanotti era também agiota. Por isso, eu acho que o campo da investigação continua amplo do mesmo jeito.

O celular tocou. Montalbano atendeu: era Antonia. Seu coração deu um salto dentro do peito!

— Ah, que bom! Que alegria, ouvir você!

Fazio se levantou de chofre e saiu, fechando a porta.

— Olá, Salvo, queria lhe dizer que estou voltando a Montelusa.

— Ótimo. A que horas vou buscá-la?

— Como assim, para ir aonde?

— Não sei, podemos ir jantar juntos, e depois...

— Não, Salvo, nos vemos na via La Marmora às nove e meia.

— Tudo bem, até esta noite, então — respondeu desiludido o comissário.

Antonia não respondeu nada. Era evidente que a montanha-russa havia reiniciado o movimento de subida. Bateram discretamente à porta.

— Adiante!

Fazio apareceu.

— Entre, entre.

— Só um momento doutor: queria lhe dizer que Margherita Lo Bello chegou.

— Então acompanhe-a até aqui.

Fazio desapareceu e, um minuto depois, Margherita apareceu à porta. Estava pálida, com expressão tensa e, pelo modo como se comportava, parecia assoberbada por uma grande preocupação.

— Sente-se — disse o comissário, e, antes que ele pudesse continuar, a garota falou:

– Creio ter cometido um erro ao vir aqui. Nico me falou da conversa de hoje de manhã.

– E por que acha que sua vinda foi um erro?

– Porque eu talvez devesse estar acompanhada por um advogado.

– Pois pode ficar sossegada: esta é uma conversa informal, como a que tivemos com seu namorado.

– Tudo bem.

– Em sua narrativa e na de Nico, há detalhes que não me convencem. Posso ir adiante?

A jovem acenou que sim com a cabeça.

– Para começar, tanto a senhorita quanto Nico asseguraram não ter escutado o tiro. Ora, às seis da manhã a rua estava deserta, e é praticamente impossível que vocês dois não ouvissem o estampido.

Margherita o interrompeu:

– Quem atirou pode ter usado silenciador.

– Então, estaríamos falando de um assassino profissional, que certamente não se limitaria a ferir Nico na perna. Por outro lado, nossa testemunha afirma ter escutado o tiro muito bem.

A cara da garota foi ficando cada vez mais cor de gesso.

– Se me permite falar sinceramente, digo à senhorita que não compreendo que necessidade vocês têm de negar ter ouvido o disparo. A não ser que...

E, aqui, o comissário se deteve.

– A não ser que... – repetiu Margherita, com um fio de voz.

– A não ser – continuou Montalbano – que o fato de não ter escutado o tiro seja a única possibilidade para a senhorita, Margherita, de sustentar sua versão dos fatos.

– Não entendi – disse ela.

— Explico melhor. Na primeira vez em que nos falamos, no hospital, a senhorita me disse que estava prestes a abrir a sacada para se despedir de Nico, quando ouviu o interfone tocar. Lembra?

— Sim, isto mesmo.

— Bem, se está indo abrir a sacada e ouve um tiro de pistola, a senhorita, sabendo que o seu Nico está no portão do prédio, instintivamente abre e se debruça para ver o que houve. Isso, porém, não aconteceu, segundo o seu relato, porque a senhorita não ouviu o tiro, mas apenas o toque do interfone. Só que, veja bem, entre o tiro e o som do interfone passa-se um bom tempo: Nico cai, tenta ficar de pé, não consegue, por fim se levanta segurando-se à parede, alcança o interfone e pede ajuda. E a senhorita? Fica esse tempo todo diante da porta da sacada, sem abrir? Percebe como seu relato é incongruente?

Margherita não soube o que responder. Baixou a cabeça e ficou em silêncio.

— Posso continuar? — perguntou o comissário. Fez uma pausa e resolveu apostar todas as fichas: desta vez, estava arriscando tudo, com uma mentira do tamanho de um bonde. Mas, se acertasse, ganhava o jogo.

Margherita abriu os braços, num gesto cansado.

— Estou lhe dando todas as chances de me contar a verdade. Mas a senhorita não parece querer aproveitar a oportunidade. Então, lhe digo que, na próxima vez em que for convocada, deverá vir com seu advogado.

— Por quê? — foi a pergunta quase inaudível da garota.

— Porque a testemunha a viu na sacada, e a ouviu gritar.

A esta altura, Margherita caiu no choro. Ele tinha acertado.

— Terminei — disse Montalbano. — A senhorita tem 24 horas para pensar. Converse com seu namorado. Fazio, acompanhe-a até a saída.

Fazio voltou logo em seguida, e os dois ficaram um tempinho se encarando, em silêncio.
– Você ainda tem dúvidas? – perguntou Montalbano.
– Não.
– Está claro que tanto Nico quanto Margherita viram muitíssimo bem quem foi que atirou, mas não querem de jeito nenhum dizer o nome dessa pessoa. Por quê?
– Porque – disse Fazio – esse nome é o de Tano Lo Bello, o pai de Margherita.
– Conseguiu a foto?
– Sim.
– Temos no comissariado alguém que saiba desenhar um retrato falado?
– Sim, doutor, Di Marzio está aqui.
– Então leve a foto para ele agora mesmo e diga que desenhe um retrato suficientemente semelhante.

Saiu do comissariado, foi à loja de roupas para buscar os ternos novos, que deviam estar prontos, colocou-os no carro sem sequer experimentar e se dirigiu a Marinella. Assim que entrou em casa, abriu a porta balcão da varanda e ficou olhando, extasiado, o pôr do sol, que estava realmente deslumbrante.
A linha do horizonte parecia pintada por Piero Guccione. Sentou-se, fascinado. A bola vermelha afundava lentamente, muito lentamente, no mar. Só quando ela desapareceu de todo foi que Montalbano se lembrou de Livia. Talvez a história dos dois se tivesse enfraquecido lentamente, muito lentamente, e agora estivesse no ocaso, como o sol. Isso já acontecera na época em que ele e Marian se apaixonaram, e ele chegara a um passo de terminar a relação com Livia quando ocorreu a trágica morte de François. Mas agora as coisas se mostravam completamente diferentes. Antonia não era a suplente do sol

que se punha com Livia, Antonia era o sol que nascia. Antonia lhe dava a possibilidade de se sentir ainda vivo. E voltar a se sentir vivo, quem sabe, pela última vez em sua existência. Por isso, não podia perdê-la.

Mas por que Livia e ele haviam chegado a esse ponto? A distância que antigamente fortalecia o vínculo recíproco, aquela falta que, ao contrário, se transformava numa presença contínua, agora era simplesmente afastamento, ausência. E nenhum dos dois tinha dado um passo, um verdadeiro passo, para preencher essa ausência. Livia permanecia em Gênova, tocando sua vida, e lhe bastara arranjar um cachorrinho para não se sentir sozinha. Ele continuara a fazer seu trabalho em Vigàta, acreditando estar bem desse jeito, numa vida destinada a um lento crepúsculo. Até mesmo, quem sabe, diante do mar. Só que a vida tem muito mais fantasia do que nós. E ele queria permanecer dentro dessa fantasia o máximo possível, talvez para sempre. Mas sentia o dever de dar uma explicação a Livia, antes de terminar a relação. A coisa era complexa, e não seriam suficientes alguns telefonemas. Ele devia de qualquer jeito criar coragem para ir a Boccadasse.

Havia escurecido e, sabe lá por quê, à feliz expectativa de rever Antonia dali a pouco veio se mesclar uma pontinha de melancolia.

Reagiu de imediato. Levantou-se, entrou, foi até o quarto, despiu-se para experimentar o primeiro terno. Olhou-se no espelho e se achou ridículo. Não que a roupa tivesse nada de particular, mas ele teve a impressão de que não lhe caía bem: as mangas folgadas demais, a calça muito curta.

Sentiu-se como um fantoche obrigado a usar uma armadura que não era a sua. Despiu-se correndo e experimentou o segundo. Desta vez, a armadura parecia um verdadeiro sarcófago. Jogou tudo no chão e, como havia transpirado, encaminhou-se para o banheiro, mas antes cometeu o erro de se olhar de novo no espelho. O resultado foi que, imediatamente, começou a fazer flexões. Em seguida, quando não aguentou mais nem sequer dobrar os braços, arrastou-se até o chuveiro. Decidiu vestir a mesma roupa que havia despido, mas inaugurando uma das camisas recém-compradas.

Depois que se vestiu, veio-lhe uma dúvida: comer ou não comer?

Talvez a descoberta do que Adelina havia preparado o ajudasse a responder àquela dúvida hamletiana.

Abriu a geladeira: nada.

Abriu o forno: nada.

Mas em cima da mesinha havia uma panela coberta por um prato.

Tentou levantar o prato e não conseguiu: estava tão aderido que parecia colado. Então, antes que o nervosismo o atacasse, puxou uma gaveta, tirou uma faca, meteu a lâmina entre o prato e a panela e... abre-te sésamo: *caponatina*!* A dúvida estava resolvida. Pegou um garfo e já ia se atirando à comida quando um pensamento o deteve: mas e Antonia? Iria comparecer tendo jantado ou não?

Talvez a coisa pudesse ser resolvida levando a *caponatina* com ele.

Sentou-se, acalmou-se, bebeu um copo de vinho e, em seguida, começou a procurar algum recipiente para transportar aquela delícia.

Abriu o armário da cozinha, mas nada: uma vasilha redonda de plástico só dispunha de uma tampa quadrada, e

---

* A *caponatina*, ou *caponata siciliana*, inclui vários ingredientes (berinjela, tomate, cebola, alcaparra, pinhão, uva-passa e outros), picados, refogados em azeite e temperados com sal, manjericão, vinagre e açúcar, o que lhe dá um sabor levemente agridoce. (N.T.)

para cobrir a travessa de alumínio não havia papel adequado. Afinal encontrou uma garrafa de pescoço largo, lavou-a, enfiou no bocal um funil e, a colheradas, transferiu a *caponatina*. De vez em quando, a colher perdia o rumo da garrafa e ia parar em sua boca.

Tampou a garrafa, colocou-a num saco plástico e, antes de sair, deu uma olhada no espelho, constatando que a camisa havia ficado totalmente suja.

Em meio a uma ladainha de palavrões, foi até o banheiro, tomou outro banho, vestiu a última camisa nova e, finalmente, pôde sair de Marinella.

Já no carro, lembrou que não tinham nada para beber. No caminho, daria uma parada no bar.

*A noite estava avançada, a rua era bastante larga e o automóvel seguia silencioso, devagarinho, faróis apagados, passando rente aos veículos estacionados ao longo da calçada. Não parecia rodar, mas deslizar sobre manteiga.*

*De repente o carro reduziu, desviou-se para o lado esquerdo e, de marcha a ré, refez um trecho da rua recém-percorrida.*

*Estacionou diante de uma vitrine cheia de coisas coloridas.*

*Em seguida, abriu-se a porta do condutor e um homem saiu cautelosamente, fechando-a devagar.*

*Era Mimì Augello.*

– Salvo, o que está fazendo aqui?

O comissário Montalbano, que estava de costas para ele, pagando a garrafa de vinho recém-comprada, reconheceu a voz e sentiu um calafrio lhe percorrer a espinha.

Que diabo de resposta podia dar àquela pergunta? Plantou na cara um meio sorriso e devolveu:

— E você, o que veio fazer aqui?
— Estava a caminho de sua casa, quando vi você através da vitrine.
— E por que pretendia ir à minha casa? Descobriu outro morto?

Enquanto isso, os dois haviam saído do bar.

— Não brinque, Salvo. Quando penso no nosso morto, ainda fico suando frio.
— Mimì, o morto é todo seu. Agora me diga por que estava vindo a Marinella.
— Porque já sei quem é a loura.
— Qual loura? A de Catalanotti?
— Exatamente.
— Parabéns – disse o comissário, apressado –, amanhã você me conta tudo.
— Salvo, como assim? É uma notícia bombástica, precisamos falar disso imediatamente.

Como se tivesse ficado surdo, Montalbano abriu a porta do carro e ia entrando, mas a mão de Mimì em seu ombro o deteve.

— Olhe para mim – disse Mimì.

Montalbano se voltou.

Mimì Augello encarou fixamente o comissário.

— Me diga a verdade: aonde você está indo?

Montalbano compreendeu que, daquele momento em diante, Mimì não largaria o osso. Melhor acalmá-lo dando-lhe um pedacinho de carne.

— Tudo bem, Mimì, tranquilo. Vamos entrar, nos sentamos e você me diz o que precisa me dizer.

Assim que se viram dentro do bar, o garçom avisou:

— Eu já ia fechar.
— Cinco minutinhos e deixamos você em paz – respondeu Mimì Augello, continuando a fitar desconfiado o

comissário. – Não me enrole, Salvo: vinho, camisa nova, todo alinhado...

Sem lhe dar espaço para novas perguntas, Montalbano retrucou:

– Bem, vamos falar dessa loura, afinal?

– Claro. Chama-se Anita Pastore e é proprietária de uma fábrica de família que produz chocolate.

– E o que mais você sabe?

– Nada. Tenho o número do telefone e o endereço, e estava vindo falar com você justamente para saber como proceder.

– Não podemos conversar sobre isso amanhã de manhã? Agora eu estou indo à casa de Adelina, porque o filho de Pasquale...

Augello abriu os braços.

– Como vossa senhoria mandar! – respondeu ironicamente, levantando-se.

Quando ia abrindo a porta do carro para entrar, Montalbano ficou com uma pulga atrás da orelha. E se Mimì resolvesse segui-lo, para descobrir aonde ele realmente ia?

Por via das dúvidas, seguiu na direção oposta àquela que levava à via La Marmora. Dez minutos depois, ao compreender que Mimì não vinha atrás dele, retomou o caminho certo.

Encontrou vaga nas proximidades do prédio e resolveu consultar o relógio. Entre uma coisa e outra, havia perdido 45 minutos.

Assim que entrou no apartamento de Catalanotti, avisou em voz alta:

– Sou eu.

Como se fosse um marido qualquer voltando para casa depois do trabalho...

Não houve resposta. Ele viu luz acesa no escritório.

Deixou as garrafas na cozinha e se dirigiu para lá.

Antonia estava de óculos, sentada à escrivaninha, com alguns papéis espalhados à sua frente.

Montalbano se inclinou para beijá-la na boca, mas a moça se esquivou e lhe ofereceu a face. Mais um giro da montanha-russa!

– Já comeu? – perguntou ele.

– Não.

– Eu trouxe uma *caponatina* que...

– Estou sem fome – cortou Antonia. E prosseguiu: – Por que você se atrasou tanto?

– Encontrei casualmente Mimì Augello, que me fez perder um tempão. Imagine que ele queria me dizer...

– Pegue uma cadeira e sente-se aqui ao meu lado – ordenou Antonia, sem dar a mínima para o que Montalbano estava contando.

Ele obedeceu.

– Encontrou algo interessante? – perguntou.

– Sim. E queria falar disso com você.

– Tudo bem – disse o comissário –, mas antes eu preciso de uma bebida. Quer alguma coisa?

– Não.

Ele foi à cozinha, abriu a garrafa de vinho, olhou melancolicamente a *caponatina*, encheu um copo e o levou para o escritório.

Assim que Montalbano o pousou sobre a escrivaninha, Antonia, sem tirar os olhos daquilo que estava lendo, estendeu a mão, pegou o copo e bebeu o vinho em um só trago.

Montalbano se levantou de novo e, sem dizer uma palavra, foi novamente à cozinha levando o copo vazio e desta vez encheu dois.

A pasta que Antonia abriu diante dele continha uma página datilografada que, no entanto, não era de perguntas e respostas, mas uma espécie de monólogo. Também havia a fotografia, em corpo inteiro, de um homem magérrimo, cuja cabeça parecia uma caveira. Outra página, escrita com a letra de Catalanotti, dizia:

*Demetrio Fusaro, intendente comunal, particularmente neurótico. Devidamente provocado, tem reações imprevistas e incontroláveis. Talvez perigoso demais para lidar com ele.*

No final, à direita, havia uma sigla: DF.
– O que será que significam estas duas letras?
– Talvez sejam as iniciais desse Demetrio – respondeu o comissário.
– Mas que necessidade ele tinha de uma sigla, se havia escrito o nome por extenso?
Então Montalbano recordou que, nos documentos que examinara na primeira vez, também havia siglas. Levantou-se.
– Aonde vai? – quis saber Antonia.
– Preciso conferir uma coisa, volto já.
Foi até o quarto e pegou as duas pastas identificadas respectivamente como de Maria e de Giacomo. Ambas tinham no final do texto, à direita, a mesma sigla: EP, a qual, evidentemente, não correspondia aos nomes deles.
Então, o que significava aquilo? E apesar de estar praticamente em jejum, apesar do contínuo sobe-e-desce na montanha-russa acionada por Antonia, apesar, admitamos, da velhice, a luzinha se acendeu mais uma vez em seu cérebro: EP, *Esquina perigosa!*
Voltou quase correndo ao escritório.

— Antonia, DF não corresponde a Demetrio Fusaro, mas a *Dias felizes*.

— De que dias você está falando?

— É uma peça que Catalanotti havia encenado.

— Ah, claro! Beckett. E daí?

— Daí que precisamos conferir todos os últimos testes de audição que tiverem as letras EP, o espetáculo que ele estava preparando: *Esquina perigosa*.

— Não conheço — admitiu Antonia.

— Então vou contá-la a você — disse Montalbano.

E, por não haver cedido aos ternos recém-comprados, tendo preferido vestir de novo a mesma calça, conseguiu puxar do bolso o papel com o resumo da peça. Começou a ler.

— Está lendo o quê?

— Fiz uma espécie de síntese.

Tirando da mão dele a folha de papel, a moça disse:

— Prefiro ler eu mesma.

Montalbano sequer piou.

# 14

Pouco depois, Antonia perguntou:
– E agora?
– Agora, devemos mudar de método.

Sem fazer comentários, ela se levantou, recolheu algumas pastas, Montalbano apanhou as restantes, e os dois foram até o quarto para guardá-las e selecionar, entre todas as outras, aquelas identificadas com a sigla EP. Levaram cerca de meia hora nesse trabalho e em seguida voltaram ao escritório, carregando umas doze pastas.

Antes de começar a folheá-las, Antonia pegou um dos dois copos e bebeu o vinho. Montalbano a imitou. A moça abriu a primeira pasta, mas quase imediatamente fechou-a e se manteve imóvel, olhando para a frente.

– O que foi? – quis saber o comissário.
– Intervalo – respondeu ela. Em seguida, sem acrescentar mais nada, pendurou-se ao pescoço dele e o beijou.

*Então, estás aí? Do instante ainda semicerrado vieste?*
*Na rede havia um só buraco, e por ali passaste?*
*Meu espanto não tem fim, e não posso silenciá-lo.*
*Escuta*
*Como bate forte em mim teu coração.*

– Vamos nos levantar.
– Por favor, espere. Que tal continuarmos assim mais uns dois minutinhos?
– Não. Já perdemos muito tempo, agora chega.

Montalbano ficou magoado, ou melhor, preferiria ficar magoado, mas depois disse a si mesmo que os momentos que estava vivendo eram tão belos que por nenhuma razão no mundo iria arruiná-los com uma palavra infeliz. Então se levantou e, mudo, seguiu-a até o banheiro. Vestiram-se novamente de qualquer jeito. Antonia pegou a pasta anterior e perguntou, sorridente:

– E agora, comissário, quais são suas ordens? Me diga qual é o novo método.

O comissário beijou-a e respondeu:

– Posso estar errado, mas é cada vez mais forte minha convicção de que há uma relação estreitíssima entre o homicídio de Catalanotti e a encenação de *Esquina perigosa*. Foi por isso que selecionamos apenas as pastas relativas a essa peça. Precisamos encontrar doze atores, ou supostos atores, que deveriam encarnar personagens de certa forma ambíguos ou decididamente culpados de um crime.

– Explique-se melhor.

– Acho que devemos seguir as indicações de Catalanotti, sobretudo no que se refere a três personagens: Martin, o morto suicida ou talvez não, mas de qualquer modo o acusado de ter se apropriado de uma grande quantia; Olwen, que no final se revelará a verdadeira assassina, tendo agido para se defender de uma agressão sexual; e, por fim, Gordon, que, embora casado com Betty, também é apaixonado por Martin. E eu não desprezaria dois personagens menores, mas muito complexos, como Stanton e a própria Betty.

– Que divertido! – exclamou Antonia. – Tenho a sensação de estar num enredo de Agatha Christie: um morto no palco!

Mas de repente, enquanto ela estava lendo uma folha, sua voz começou a ficar baixinha, baixinha, até se transformar numa espécie de murmúrio.

– Hein? – fez Montalbano.

A moça não respondeu. A folha escorregou de suas mãos e foi parar sobre o piso. Montalbano compreendeu que Antonia havia caído no sono. Então se levantou do sofá e, com delicadeza, tomou-a nos braços e a instalou confortavelmente deitada. Quanto a ele, sentou-se numa cadeira junto à escrivaninha e ficou olhando para ela, fascinado. Dali a pouco, também derrubado pelo cansaço, apoiou um braço sobre a escrivaninha, pousou a cabeça e lentamente adormeceu.

Acordaram no último horário que Catalanotti havia programado para o despertador: 6h45.

– Que pena! – lamentou ela. – Eu estava tendo um sonho revelador.

– Sobre nós dois? – perguntou Montalbano, com uma risadinha.

– E o que ainda temos para nos revelar? Meu sonho era com um morto no palco.

– Qual morto? Catalanotti?

– Não, não. Não vi o rosto, mas tenho certeza de que não era ele, embora estivesse vestido como ele.

– Me conte, vai.

– Só cinco minutos, depois precisamos ir embora, antes que o porteiro chegue.

– Tudo bem, prometo.

Então Antonia contou. No palco de um teatrinho todo em ouro e veludo, havia um ataúde fechado. De início, ela achou que estava assistindo a um espetáculo de magia, mas o ataúde se abriu e uma figura humana foi se erguendo lentamente.

– Mas você não disse que era um morto?

– Sim, mas no começo não se percebia. Eu tinha certeza de que ele ficaria de pé. Só que não: pouco depois, sei lá como, me dei conta de que ele estava morto.

– Como você percebeu?

– Vou tentar explicar, porque a coisa é estranha: somente eu sabia que ele estava morto, todos os outros espectadores se mostravam tranquilíssimos. O homem deitado no caixão usava um traje formal: terno preto, gravata, sapatos engraxadíssimos, mas, embora eu não pudesse ver seu rosto, do meu lugar na plateia percebi uma mancha de sangue na camisa dele.

Montalbano saltou de pé.

– Talvez você tenha sonhado com o morto de Augello!

Antonia não entendeu.

– De que morto você está falando? O que Augello tem a ver?

– Vou explicar.

– Não, agora vamos nos vestir e sair daqui.

Quinze minutos depois, estavam fazendo o desjejum no bar vizinho. Montalbano contou tudo a ela e acrescentou que, na véspera, havia finalmente obtido as chaves do apartamento.

— Quero ir até lá — disse Antonia.

Montalbano concordou e depois fez uma tímida tentativa de convidá-la para almoçar no Enzo, sem obter sucesso algum. Combinaram então que se falariam durante a tarde, para acertarem a ida à via Biancamano.

Sem tempo para ir a Marinella, a fim de trocar de roupa e fazer a barba, o comissário, do jeito como estava, seguiu diretamente para o comissariado.

Assim que ele se sentou, bateram à porta. Era Fazio.

— Bom dia, doutor. Eu trouxe o retrato falado que Di Marzio fez.

Pousou-o sobre a escrivaninha, junto com a fotografia de Lo Bello.

— O que o senhor acha? Parecem?

— Ficou excelente! — disse Montalbano, guardando no bolso o retrato falado. — Mais alguma novidade?

— No momento, nenhuma.

Nesse momento, apareceu Mimì Augello.

— Desculpe, Salvo, mas eu queria lhe informar que tomei uma iniciativa.

— Qual?

— Telefonei à sra. Anita Pastore e a convoquei para hoje, às três.

— Fez bem. Agora, até logo para vocês, tenho algo a fazer. Nos vemos depois.

Embora tivesse comido dois brioches no bar, sentia, mais do que sono, uma fome irresistível. Teve uma visão: a *caponatina* engarrafada, sobre a mesa da cozinha de Catalanotti. Retornou imediatamente e parou diante do portão da via La Marmora.

— Bom dia, comissário. O senhor aqui, a esta hora? — perguntou o urso Bruno.

— Preciso pegar uns documentos importantes — retrucou Montalbano, passando apressado diante da guarita.

Quando se viu no apartamento de Catalanotti, ocorreu-lhe um problema: como esconder do porteiro a garrafa? Pensou um pouquinho e concluiu que a solução era comer ali mesmo. Então pegou um prato, um garfo, escoou da garrafa a *caponatina* toda e deu início aos trabalhos. No fim, escrupulosamente, lavou a louça. Aproveitou para lavar também os copos sujos e os enxugou, antes de guardar tudo no armário.

Agora, mais tranquilo, podia finalmente seguir para Marinella e dormir, como se diz, o sono dos justos.

A *caponatina* consumida no início da manhã permaneceu em seu estômago, e por isso, quando acordou, pouco após uma da tarde, ele se convenceu de que não era o caso de ir ao Enzo. Sentindo-se um tantinho atordoado por ter dormido fora do horário normal, demorou-se no chuveiro e passou um tempão experimentando as amostras dadas pela vendedora, com medo de abrir as embalagens grandes dos produtos que haviam lhe custado um patrimônio. Decidiu amaciar os ternos recém-adquiridos usando-os não por completo, mas vestindo uma calça nova com um outro paletó, digamos assim, velho. Olhou-se no espelho e o conjunto lhe pareceu uma escolha passável. Embora não tivesse almoçado, já era o período vespertino e, conforme o combinado, ligou para Antonia, só que ela não atendeu.

Às 14h50, estava no comissariado.

Mimì lembrou a ele que a sra. Pastore chegaria dali a pouco.

— Chame Fazio — pediu Montalbano —, quero que ele esteja presente.

Foi só o tempo de explicar a Fazio quem era a sra. Pastore e por que a tinham convocado, quando o telefone tocou e Catarella disse:

— Dotor, aconteceria que está *in loco* uma dona com um nome camponês.

— Pode trazê-la aqui.

Anita Pastore era exatamente como Enzo a descrevera: pernóstica, embonecada e toda cheia de não-me-toques.

Fazio lhe cedeu o lugar diante da escrivaninha.

— Não entendo por que fui... — principiou ela, em tom agudo e ressentido.

Montalbano a interrompeu de imediato.

— Muito simples. A senhora está aqui porque desejamos saber sobre seu convívio com Carmelo Catalanotti, o qual, como sem dúvida é do seu conhecimento, foi assassinado.

— Bem, certamente não fui eu — retrucou, arrogante, dona Anita.

Ela era inegavelmente um tremendo pé no saco.

— Não tenho dúvida. Mas desejo saber quais eram suas relações com ele. Pode responder com toda a liberdade, porque esta é somente uma conversa informal.

— E me convocam ao comissariado para uma conversa informal? Para isso poderíamos simplesmente bater um papo no bar aqui em frente.

— Então, vamos proceder por vias oficiais.

— O que significa?

— Significa que a senhora escolhe um advogado, será convocada pelo promotor e, juntos, nós a submeteremos a um severo interrogatório. Devo, porém, avisar-lhe que o caso Catalanotti atrai muito interesse doentio, e se por acaso houver vazamento de informações, não posso lhe assegurar o sigilo instrutório. Seu nome e sua foto podem ir parar nos jornais.

Ao ouvir tais palavras, dona Anita mudou de atitude. Acomodou-se melhor na cadeira, deu uma ajeitada nos cabelos e perguntou:

— Quer saber se nosso relacionamento era do tipo amoroso?

— A senhora é quem vai nos dizer.

— Não. De modo algum.

— E era o quê?

— Era uma estranha relação de trabalho.

Mimì interveio, irônico:

— Não me consta que Catalanotti se ocupasse de chocolate.

— Não falei nesse sentido.

— Então prossiga, por favor.

— Bom, eu conheci Catalanotti uns três meses atrás, porque me foi apresentado por uma amiga. Quando, em conversa durante um jantar, soube da minha empresa familiar, ele me fez mil perguntas. Foi justamente essa curiosidade que me deixou curiosa.

— Explique-se melhor — pediu o comissário.

— Senti que aquele interesse era autêntico. Ele me convidou para sair, e eu aceitei.

A mulher fez uma pausa e recomeçou.

— Esses nossos encontros acabaram se tornando rotineiros. Não sou casada, não tenho filhos, tenho poucos amigos e muito tempo livre. Raramente me acontece falar de mim, e Carmelo tinha o dom de me deixar à vontade. Nossos jantares viraram quase um hábito.

— Portanto, não era somente uma relação de trabalho, mas também de amizade?

— Propriamente amizade, eu não diria. Não sei nada sobre a vida de Carmelo. Falávamos quase sempre de mim e, essencialmente, do meu trabalho. Carmelo queria saber tudo sobre as dinâmicas empresariais, sobre minhas relações com meus irmãos, com nossos funcionários, com a distribuição. Queria até mesmo ser atualizado quanto ao andamento diário e semanal.

– E a senhora chegou a se perguntar quais seriam os motivos de tamanho interesse?

– Sim, no início eu temia que meu irmão Paolo tivesse razão. É o mais velho, e pensa sempre que o mundo quer tapeá-lo. Ele suspeitava que Carmelo quisesse roubar alguma receita, algum segredo da empresa...

– E era verdade?

– Não. Carmelo era atraído pelas dinâmicas, digamos assim, familiares. Tinha curiosidade pelos nossos métodos de trabalho, pela maneira como dividíamos as responsabilidades, pelos eventuais atritos, os desacordos...

– Queira desculpar, vamos à conclusão: por que tamanho interesse?

– Porque ele queria escrever um romance ambientado numa empresa familiar.

– Tomava notas? – perguntou Montalbano, lembrando-se das pastas.

– Não – respondeu Anita –, mas prometeu que me deixaria ler a primeira versão, e eu me senti realmente orgulhosa. Fiquei esperando e não comentei nada com ninguém.

– A senhora disse que a fábrica é da família, então pergunto: quem mais participa da empresa? São apenas a senhora e seu irmão Paolo?

– Até dois anos atrás, havia também Giovanni. Agora somos apenas eu e Paolo. Giovanni não pode mais se ocupar disso. Está morto.

Dona Anita Pastore deu um suspiro, olhou o comissário e disse:

— E também, a esta altura, não faz diferença... ele se suicidou.

Uma campainha soou na cabeça de Montalbano.

— Lamento – disse ele. – Posso perguntar por quê?

— Quer saber por que Giovanni se matou? Porque era um homem frágil, despreparado para enfrentar os problemas da vida, e simplesmente preferiu sair de cena.

A resposta era conclusiva, mas o comissário, agora que havia compreendido o motivo do interesse de Catalanotti por Anita, não queria largar o osso.

— Está me dizendo que seu irmão era o mais fraco dos três?

— Queira me perdoar, mas o que este assunto tem a ver com a morte de Carmelo? – reagiu a mulher, apoiando as mãos nos braços da cadeira e encarando Montalbano.

— Deixe que eu julgo isso, minha senhora – respondeu ele, brusco.

Anita se reacomodou na cadeira.

— Veja, comissário, foi uma história triste e complicada. Houve um grande desfalque. Paolo se convenceu logo de que o autor havia sido Giovanni. Eu, um pouco menos. Giovanni se mostrou, como direi, indignado, ofendidíssimo, não se defendeu, e o suicídio dele foi para mim uma espécie de admissão de culpa.

— E Catalanotti lhe fez perguntas sobre esse suicídio? – quis saber Montalbano.

— Muitíssimas. Quis até uma foto de Giovanni. Me contou que um irmão dele também havia tirado a própria vida.

"Pena que Catalanotti era filho único", pensou o comissário com seus botões.

Depois perguntou:

— Afinal, o que Giovanni respondeu às acusações de vocês?

— Sempre se declarou inocente, mas nunca nos deu uma prova.

— Mas a ausência de provas nem sempre significa uma confirmação de culpa.

— O que está tentando me dizer, comissário?

— Que bem podia se tratar da reação de um homem injustamente acusado pelos irmãos.

Ao ouvir tais palavras, Anita ficou furiosa. Saltou de pé e reagiu, com uma voz que parecia uma furadeira:

— Mas como ousa? Eu não fico nem mais um instante nesta sala.

E se encaminhou para a saída.

Fazio se levantou para detê-la, mas Montalbano lhe acenou que a deixasse ir. A mulher abriu a porta e saiu, batendo-a atrás de si.

— Por que você a deixou ir embora? – perguntou Augello.

— Mimì, compreendi a verdadeira razão do interesse de Catalanotti.

— Então, nos diga qual era.

Fazio retomou seu lugar diante da escrivaninha.

— A trama da peça que Catalanotti pretendia montar tem muitas semelhanças com as coisas que aconteceram na empresa dos Pastore.

— E o que é essa peça? – insistiu Mimì.

Montalbano não teve paciência para repetir pela enésima vez o enredo de *Esquina perigosa*.

— Peça a Fazio para lhe contar. Eu preciso sair, devo fazer uma coisa importante.

Levantou-se, deixou o comissariado e se dirigiu ao café mais próximo. O frustrado almoço no Enzo estava cobrando seu preço. No bar, eles tinham *tramezzini* de presunto e queijo. Montalbano comeu quatro, um atrás do outro, e também bebeu uma cerveja média.

Voltou ao trabalho e imediatamente chamou Fazio.

– As 24 horas que demos a Nico e Margherita já passaram.

– Trago os dois aqui, ou nós vamos até lá?

Montalbano não respondeu, ficou refletindo. Fazio esperou um pouquinho e arriscou:

– Doutor, o que faremos, afinal?

– Estou pensando que esses dois jovens nunca vão admitir que quem atirou foi o respectivo pai e futuro sogro, ou, se admitirem, vão passar o resto da vida se criticando por terem feito isso. São boas pessoas.

– Então, o que vamos fazer?

– Você tem o número do telefone dos Lo Bello?

– Sim, doutor.

– Então ligue pra lá, coloque no viva-voz. Convoque o Lo Bello pai, diga que venha aqui agora mesmo. Se ele não estiver em casa, pergunte onde se encontra. Se lhe disserem, vá buscá-lo pessoalmente e o traga aqui. Agora!

Fazio puxou do bolso um maço de papeizinhos, escolheu um, teclou um número.

– Alô, é da casa dos Lo Bello?

– Sim – respondeu uma voz masculina.

– Estou falando com o sr. Gaetano Lo Bello?

– Sim, mas posso saber quem é, caralho?

– Aqui é do comissariado de Vigàta. O doutor Montalbano deseja vê-lo imediatamente.

– É mesmo? Só que no momento eu estou ocupado, portanto, não me encha o saco.

– Tudo bem, então dentro de cinco minutos estou aí e o conduzo algemado ao comissariado.

Da outra ponta do fio, veio uma série de palavrões.

Em seguida, a ligação foi interrompida.

– Vá buscá-lo antes que ele fuja – ordenou Montalbano a Fazio, que havia se levantado e estava vestindo o paletó, enquanto corria para a porta.

Nesse instante, Augello entrou na sala.

– Salvo, pesquisei na internet e li uma parte do texto de *Esquina perigosa*. Caralho! As coincidências com a família Pastore são realmente impressionantes. Eles também eram dois irmãos e um se matou. Sem dúvida, esse Catalanotti era bastante estranho!

– Em que sentido, Mimì?

– Porque, segundo me parece, mais que usurário ou homem de teatro, ele era um verdadeiro tira. Ou melhor, um cão farejador de trufas! Como conseguiu encontrar uma família que correspondia direitinho àquela da peça?! Salvo, tem certeza de que ele estava mesmo escrevendo um romance?

– De jeito nenhum! Que romance, que nada! Veja bem, Mimì, o método teatral de Catalanotti implicava partir sempre de um dado real. Por isso, foi para ele um verdadeiro achado o fato de encontrar uma família na qual aconteceram quase as mesmas situações da peça.

– E que necessidade ele tinha desse dado real para levar ao palco uma coisa de fantasia?

– Mimì, vou resumir pra você: Catalanotti adotava uma teoria particular que se baseava não no verossímil, mas no que ele chamava de "símil-vero". E me detenho por aí. Só lhe digo que ele fazia uma verdadeira escavação nas consciências, buscando o dado de realidade em todos aqueles que, segundo pensava, poderiam ser intérpretes da peça. Por isso, virava e revirava pelo avesso essas pessoas como se fossem meias soquete. Compreendi isso lendo as anotações dele nas pastas.

– A propósito, Salvo, em que ponto você está com essa leitura?

– É um trabalho longo e complicado – respondeu o comissário, pensando também na sua relação com Antonia –, mas acredito estar no rumo certo. Consegui selecionar os testes de audição para os possíveis atores de *Esquina perigosa*.

– E quem seria Olwen? – perguntou Mimì, de estalo.

– Isso eu ainda não sei. Há duas ou três possíveis intérpretes que...

A repentina marchinha que partiu do celular fez Montalbano dar um salto na cadeira.

Ele olhou a tela do aparelho. Era Antonia.

Ficou indeciso por alguns instantes. Devia atender? E se Mimì percebesse alguma coisa?

– E aí? Vai falar ou não? – interpelou-o Augello.

Montalbano se armou de coragem e disse:

– Bom dia.

Ela deve ter compreendido imediatamente.

– Não está sozinho?

– Certo, estou em reunião – avisou Montalbano.

– Confirmo para esta noite. Me dê o endereço.

Montalbano se viu perdido. Impossível pronunciar a palavra Biancamano diante de Mimì.

– Não posso.

– Entendi. E então?

– Posso lhe telefonar de volta?

– Também vou entrar em reunião.

– Eu poderia ir buscar você em casa. Me passa o endereço?

Com uma risadinha, Antonia deu o troco:

– Não posso.

– Tudo bem, eu encontro. Estarei em sua casa às oito. Certo?

– Isso, se você descobrir onde eu moro! – retrucou Antonia, rindo e desligando em seguida.

– Que telefonema misterioso, comissário Montalbano! – comentou Augello, em tom malicioso. – Sinto cheiro de mulher.

– Mimì, limite-se a cuidar dos seus assuntos, cacete.

– Concordo, concordo. Mas, quando se tratar de mim, não me venha com a merda de suas lições de moral...

– Vamos voltar a Catalanotti – cortou o comissário.

– Posso fazer uma pergunta?

– Faça.

– Por que você é tão zeloso com as tais pastas?

– Como assim?

– Você guarda todas, como se fossem um segredo. Se falasse do conteúdo conosco, ou se as trouxesse para cá, poderíamos lhe dar uma ajuda.

– Tem razão – respondeu Montalbano.

Claro que precisava ser zeloso quanto ao segredo com Antonia.

## 15

Nesse momento, a porta foi aberta com violência. Um golpe de vento jogou no chão duas folhas de papel que estavam sobre a escrivaninha. Montalbano, que ia se abaixando para apanhá-las, imobilizou-se.

À porta havia aparecido um ogro.

Exatamente o ogro das fábulas: um gigante horroroso, cabeça diretamente apoiada nos ombros, roupa em frangalhos, os cabelos, uma floresta emaranhada, os dentes, aqueles que restavam, todos amarelos e negros, cara imunda e untuosa, como se ele tivesse acabado de devorar o Pequeno Polegar.

Ao vê-lo algemado, Montalbano deu um suspiro de alívio.

Fazio, que vinha atrás do sujeito junto com dois agentes, deu-lhe um empurrão que o fez chegar ao meio do aposento.

Na fotografia e no retrato falado, o ogro parecia suficientemente civilizado, de modo que pouco se assemelhava à figura que acabava de entrar na sala do comissário.

Só então Montalbano percebeu que Fazio segurava diante da boca um lenço sujo de sangue.

– O que foi isso? – perguntou.

– Este corno reagiu e me deu um soco no rosto. Então eu o algemei.

– Certo – disse o homem –, mas conte a história direito. Primeiro você me deu um pontapé no saco e depois...

– Chega, chega – cortou Montalbano. – Sr. Lo Bello, compreende que, tendo resistido com violência à detenção por parte de um servidor público, já se garantiu alguns anos de cadeia?

– Não me diga, estou morrendo de medo! – retrucou o ogro, com um sorrisinho zombeteiro.

– E saiba que isto é apenas o início. Uma testemunha viu o senhor atirando no namorado de sua filha Margherita.

– Eu não atirei em ninguém.

– Diga isso ao promotor. A partir deste momento, o senhor está preso sob a acusação de tentativa de homicídio.

E, sem acrescentar mais nada, com um aceno o comissário mandou conduzir Lo Bello à carceragem.

Mas a coisa não foi fácil: o sujeito resistia, e só mesmo um guincho conseguiria fazê-lo dar um passo. Fazio e os dois agentes precisaram empurrá-lo até a porta, enquanto o ogro casquinava:

– Quero só ver a cara dessa testemunha.

E prosseguiu dizendo que, afinal, no dia seguinte estaria livre, que a justiça era feita para os babacas e que ele não era babaca, que esses quatro tiras de merda só eram bons na televisão.

A ladainha continuou pelo corredor afora, mas de repente o ogro se calou. Talvez porque não acreditasse nos próprios olhos.

– O que vocês estão fazendo aqui, caralho?

Ao escutar essas palavras, Montalbano se levantou e foi ver.

Diante do ogro encontravam-se, lado a lado, um rapaz de seus trinta anos, uma moça com uma criancinha nos braços e uma mulher mais velha.

Os agentes arrastaram o ogro até a carceragem, enquanto ele recomeçava a gritar:

– Volte já pra casa, sua puta!

O comissário se aproximou dos recém-chegados e perguntou:

– E vocês, quem são?

A resposta veio do rapaz:

– Eu sou Gaspare Lo Bello, e estes são minha mãe, Nunziata, minha mulher, Caterina, e meu filho, Tanino.

– Venham comigo – disse Montalbano, precedendo-os.

Entraram todos no escritório. Fazio instalou no sofazinho as duas mulheres e o menino, e cedeu a Gaspare sua cadeira habitual.

De novo, foi este último quem abriu a boca:

– Eu sou o filho de Gaetano Lo Bello. Estamos aqui para denunciá-lo por violência familiar continuada.

Nesse momento, a esposa de Lo Bello começou a chorar.

A nora passou o braço livre sobre os ombros dela, estreitou-a e sussurrou:

– Mamãe, não fique assim.

Montalbano se deu alguns segundos de silêncio, perguntando-se como era possível que, de um ogro tão repulsivo, tivessem nascido dois filhos educados e de boa índole como Gaspare e Margherita. Respondeu a si mesmo que decerto o mérito só podia ser da esposa. Afinal, disse:

– Compreendo o quanto lhes custa vir prestar esta queixa e agradeço pela coragem que demonstram, mas, antes de continuarmos, sou obrigado a lhes fazer uma pergunta um tanto difícil. Refiro-me à tentativa de homicídio contra o namorado de Margherita.

Evidentemente, os Lo Bello esperavam essa pergunta. Baixaram a vista para o chão e permaneceram mudos.

– Desejo saber uma coisa: naquela manhã, qual de vocês o viu sair de casa?

– Eu e Caterina não vimos – disse Gaspare.

O comissário voltou-se diretamente para a mulher mais velha, a qual cobriu o rosto com as mãos.

– Pode responder até mesmo com um simples movimento da cabeça, por favor: seu marido, ao sair, disse o que pretendia fazer?

Ela acenou que não.

– Mas a senhora imaginava o que ele tinha em mente?

A mulher acenou que sim e caiu num pranto convulsivo.

Gaspare disse:

– Mamãe nos contou que o viu abrir o armário e tirar uma caixa.

– Continha uma arma? – perguntou o comissário.

Desta vez, quem acenou afirmativamente com a cabeça foi o rapaz.

– Tudo bem, já chega – concluiu Montalbano. – Mais uma vez, obrigado.

Em seguida, disse a Fazio:

– Leve essas pessoas à sua sala, formalize a queixa por violência familiar e registre por escrito tudo o que foi dito aqui.

Levantou-se, estendeu a mão a todos, fez uma carícia no menininho e voltou a se sentar.

Quando seu escritório se esvaziou, Montalbano refletiu que era absolutamente necessário mandar para a cadeia aquele ogro. Porque se Tano Lo Bello, com suas atitudes, havia chegado a derrubar a possível resistência dos filhos e da esposa a admitir uma coisa tão devastadora como a violência familiar, isso significava que todos os limites tinham sido superados e que o passo seguinte poderia ser uma verdadeira tragédia.

Pensou, intrigado, em Nico e Margherita, que ainda não tinham dado sinal de vida.

Falar no diabo, ele aparece. O telefone tocou.

– Ah, dotor, dotor, aconteceria que tão aqui um casalzinho. O garoto é aquele delicado que atiraram nele mas não mataram. Lembra?

– Sim, sim – cortou Montalbano –, mande entrar.

Assim que os viu, o comissário teve certeza de que os dois estavam decididos a não revelar nada. Mandou-os se sentar e em seguida perguntou, brusco:

– O que vocês têm a me dizer?

Quem respondeu foi o garoto.

– Comissário, para falar a verdade, eu e Margherita nem sequer voltamos a conversar sobre essa história.

– Ou seja, consideram normal que alguém lhe dê um tiro?

– Não foi o que eu disse, comissário. Claro que não é normal. Mas não temos nada a acrescentar àquilo que já declaramos separadamente. Nem eu nem Margherita vimos quem atirou.

Sem dizer uma palavra, Montalbano meteu a mão no bolso e tirou uma folha de papel. Pousou-a sobre a escrivaninha e pediu aos dois:

– Olhem atentamente. Este retrato falado foi feito com base nas informações da testemunha. Não têm nada a dizer?

Desta vez, foi Margherita que respondeu.

– Sim, tem uma certa semelhança com papai, mas não é ele.

– Devo avisá-los de uma coisa: a esta altura, ambos podem ser acusados de falso testemunho.

Os dois jovens empalideceram.

Montalbano continuou.

— Só me resta aconselhá-los a escolher um bom advogado. Claramente a posição de vocês se tornou dificílima de defender. Serão convocados diretamente pelo promotor. Até logo e obrigado.

Os dois pareceram decepcionados, provavelmente haviam combinado fazer uma explanação mais longa e convincente.

Só que, nesse momento, ouviu-se um choro de criancinha.

Montalbano agarrou no ar a oportunidade; saltou de pé, precipitou-se para o corredor e disse:

— Venha aqui também, sr. Gaspare.

Ante os olhos arregalados do casalzinho, apareceu o rapaz, que trazia Tanino nos braços e tentava acalmá-lo.

Gaspare, Margherita e Nico ficaram um tempinho se entreolhando, pasmos, e finalmente Margherita perguntou, com um fio de voz:

— O que você está fazendo aqui?

— Não vim sozinho. Caterina e mamãe também vieram. É hora de dizer a verdade, Margherì.

Margherita o encarou quase com ódio.

— Por que fez isso?

— Porque não quero que esta criança passe o mesmo que nós passamos.

Em seguida, Gaspare transferiu Tanino para os braços da irmã e, pousando a mão sobre o ombro dela, disse:

— Venha, vou levar você até a mamãe.

Sem dizer uma palavra, Margherita se levantou e saiu com ele.

Nico permaneceu sentado.

— Pode me contar agora o que aconteceu? – pediu Montalbano.

E Nico falou:

— Comissário, faz dois anos que Margherita e eu namoramos. Queríamos nos casar logo, mas nem eu nem ela conseguimos arranjar um emprego que nos permitisse constituir uma família. Tenho curso superior, e no entanto ganho a vida descarregando caixotes de peixe. Margherita se diplomou há pouco tempo, mas também não conseguiu nada. Sem trabalho, que chances nós temos na vida? Com muita dificuldade, consigo levar para casa o mínimo necessário para comer e ter forças para recomeçar no dia seguinte. E ainda considero uma sorte não precisar pagar pelo apartamento.

O comissário, o qual, ante essas palavras, não podia deixar de se envergonhar pelo mundo de merda deixado inclusive por ele mesmo nas mãos daqueles jovens, mudou de assunto:

— Me fale de Lo Bello.

— Assim que Margherita e eu começamos a namorar, Tano começou a martirizar a filha. Queria que ela terminasse comigo e procurasse alguém que pudesse lhe garantir um futuro. Tinham discussões cada vez mais violentas, a tal ponto que algumas vezes Tano levantou a mão para ela. A certa altura, decidi ir tentar uma conversa, mas, depois de poucas palavras, ele não quis ouvir mais nada e me disse que, se Margherita não me deixasse logo, iria expulsá-la de casa. E cumpriu a palavra: Margherita continuou comigo e o pai a expulsou. Mas, quando Margherita foi morar na minha casa, Tano pareceu enlouquecer. E certa manhã, ao sair pelo portão, topei com ele à minha frente, empunhando o revólver. Compreendi sua intenção e quis entrar de volta, mas não deu tempo. "Assim você vai entender que não deve mais ficar com minha filha", disse ele. Atirou e fugiu. O que eu podia fazer? Margherita me fez jurar que jamais denunciaria seu pai. E eu fiz o que ela me pedia.

Montalbano permaneceu mudo.

Esse silêncio inquietou Nico:

— Doutor, veja que desta vez eu lhe disse a verdade verdadeira.

— Eu sei – respondeu o comissário. – Mas estou pensando num jeito de deixar você e Margherita fora disso. Vou precisar de tempo. Nico, você é um bom garoto. Agora, voltem todos para casa e aproveitem a ausência de Tano. Fiquem um tempinho juntos, em paz. Quanto a você, procure se tranquilizar.

Nico se levantou.

— Não sei como lhe agradecer.

— Deixe pra lá – disse Montalbano, dando um tapinha no ombro dele. O jovem saiu, e Fazio apareceu.

— Tudo registrado – informou.

— Quero lhe dizer uma coisa – respondeu o comissário. – Por enquanto, deixe engavetados esses depoimentos.

— Por quê? O que o senhor quer fazer?

— Quero que os nomes de Margherita e Nico não apareçam como testemunhas do tiro. Estou tentando descobrir o que fazer.

— Vai ser difícil, doutor.

— Sei disso, e o que me preocupa é o seguinte: se Nico declarar não ter visto o agressor, Tano Lo Bello pode até dizer, só mesmo para prejudicá-lo, que não somente foi visto pelo garoto como até falou com ele.

— E como imagina convencer um sujeito como Tano a dizer o que vossenhoria quer?

— Não sei mesmo. A saída talvez seja ameaçá-lo com um aumento da pena, se ele não fizer uma certa coisa. Até que me ocorra uma boa ideia, façamos o seguinte: vamos deixá-lo passar a noite aqui. Pode ser que, assim, Tano reflita sobre as besteiras que andou cometendo. Depois, amanhã de manhã, vou falar com ele. Você, enquanto isso, vá até a casa dos Lo Bello para recuperar o revólver.

Enquanto Fazio saía da sala, Montalbano pensou que não tinha a mínima ideia sobre como resolver aquela situação, mas se sentia devedor diante dos dois jovens aos quais iria deixar de herança um mundo de merda. De um jeito ou de outro, precisava arranjar uma solução.

Olhou o relógio: estava tarde. Chamou Catarella, o qual se materializou segundos depois.

– Às ordens, dotor.

– Feche a porta.

– Com chave, dotor?

– Sim. Agora, aproxime-se.

Catarella, tendo compreendido que se tratava de um encargo pessoal, assumiu a postura galiforme que sempre lhe sobrevinha quando Montalbano pedia sua ajuda: pernas rígidas como as de um boneco, braços esticados para baixo e ligeiramente afastados do corpo, dedos das mãos um pouquinho abertos, como se ele tivesse pés palmados, olhos arregalados, cara vermelha como a de um peru, dentes cerrados.

– Vou lhe pedir um favor, mas não comente nada com ninguém.

Catarella levou aos lábios os dedos indicador e médio da mão direita e os beijou de um e de outro lado.

– Sou um túmbulo, dotor, e juro sulenemente.

– Em cinco minutos, você deve achar pra mim o endereço da pessoa que assumiu recentemente a chefia da perícia de Montelusa.

– É uma mulher, dotor.

– E daí? Se é mulher, fica mais difícil?

– Não senhor, dotor, eu só queria avisar que é mulher do gênero fiminino, e dizem que é até uma bela mulher.

– Tudo bem, tudo bem – cortou Montalbano. – Vá procurar o endereço.

Catarella saiu, o comissário foi até a janela, abriu-a, acendeu um cigarro. Não tinha chegado sequer à metade, quando o telefone tocou.

– Dotor, dotor, falei com Cicco de Cicco, eu lhe passo o endereço por telefone ou de pessoa pessoalmente?

– Venha aqui.

Catarella reapareceu com um papelzinho na mão.

– Escrevi aqui. Quer que eu leio pra vossenhoria?

– Não, obrigado, pode ir.

Catarella, que enquanto isso havia se transformado numa espécie de múmia egípcia, levou bem uns cinco minutos para chegar à porta, abri-la, sair e fechá-la.

Montalbano se levantou, tirou da gaveta as chaves do apartamento da via Biancamano, guardou-as no bolso e saiu do comissariado.

Antes de entrar em Montelusa, parou um instante e olhou o papelzinho dado por Catarella. Não se tratava de uma habitação, mas de um hotel, que felizmente não ficava longe. E assim foi que, às oito em ponto, ele entrou no hall de um estabelecimento pequeno, mas de bom aspecto.

– Pode avisar à srta. Nicoletti que o comissário Montalbano a espera?

O recepcionista pegou o telefone, falou e depois disse:

– Ela está descendo.

Montalbano permaneceu de pé, olhando um pôster do Vale dos Templos. Sentia-se perturbado e não entendia por quê. Mas, de repente, ocorreu-lhe a explicação: se Antonia havia se alojado num hotel, sua permanência em Montelusa não seria longa.

Um, cem, mil pensamentos se atropelaram no cérebro do comissário.

Por fim, veio à tona um que provinha de todo o seu corpo: pedir transferência para Ancona. Mas iriam concedê-la, às vésperas ou quase no ano de sua aposentadoria? Ou seria melhor pedir demissão?

Fosse como fosse, tais reflexões lhe causaram um aperto no coração. Lentamente, uma onda de melancolia o submergiu, mas, por sorte, em certo momento ele escutou a voz de Antonia. De repente, todas as preocupações, todos os pensamentos ruins desapareceram como por magia, diante do sorriso da moça.

– Olá. Eu tinha certeza de que você conseguiria descobrir meu endereço.

Montalbano percebeu que ela carregava uma maleta, e, como um idiota, perguntou alarmado:

– O que é isso? Já está de partida?

– E por que eu deveria partir? – disse ela. – Eu trouxe alguns equipamentos para a detecção de vestígios. Não é isso que vamos fazer?

– Claro, claro – respondeu Montalbano, aliviado.

Saíram do hotel. O comissário tentou beijá-la e Antonia se esquivou, dizendo:

– Aqui, não.

Quando se dirigiam ao carro, ele perguntou:

– Não seria melhor jantarmos antes?

– Tudo bem – concordou Antonia –, mas uma coisa rápida.

– Você conhece algum restaurante aqui perto?

– Sim. Podemos ir a pé.

Montalbano pegou da mão dela a maleta e, em menos de dez minutos, estavam sentados num restaurante todo reluzente. Eram os únicos clientes.

— Mas como é a comida aqui? – perguntou o comissário, duvidoso.

— Uma porcaria, mas são rápidos. Dentro de meia hora, teremos acabado.

Pediram bifes e uma salada.

Assim que o garçom se afastou, Antonia se soergueu ligeiramente da cadeira e beijou Montalbano na boca. Ele a reteve, com as mãos nas bochechas dela, e já ia retribuindo o beijo, quando seu celular tocou.

Era Livia.

Ele não atendeu logo. Levantou-se, pediu desculpas a Antonia e foi lá para fora. Só então decidiu aceitar a ligação.

Assim que disse "alô", foi imediatamente espicaçado pela voz enfurecida de Livia:

— Posso saber que fim você levou? Disse que ia me ligar, mas não deu sinal de vida! Que diabo está acontecendo? Quer me explicar, de uma vez por todas?

— Este não é um bom momento.

— Pelo contrário, é, sim. Estou de saco cheio. Se houver algum problema, tenha a coragem de me dizer abertamente.

— Eu já disse que este não é o momento. Estou com outras pessoas. Não posso perder tempo.

— Ou seja, você está dizendo que falar comigo é uma perda de tempo?

— Repito que não posso falar agora.

— Está bem – concedeu Livia. – Então me diga quando eu posso te ligar.

— Assim, de imediato, não sei dar uma resposta.

— Quer saber? Se você não pode falar, falo eu: estou cansada de esperar um telefonema seu, uma visita, uma proposta qualquer de sua parte. Eu espero, espero... venho esperando a vida inteira, suspensa entre seu trabalho e algo que deveria acontecer num futuro que não chega nunca. Ora, parece normal a você que não fale comigo durante dias e dias? Que não se pergunte como eu vou, o que estou fazendo, como me sinto? Salvo, só existe uma coisa que pode justificar seu comportamento: você não me ama mais. Ou, pelo menos, não o suficiente para fazer alguma coisa por mim. E eu, agora, estou cheia de dar prioridade somente ao que é melhor para você. Quero pensar em mim. Desculpe, talvez não seja correto dizer isto por telefone, mas estou realmente exausta. Para mim, nossa relação acabou.

Permaneceram em silêncio por dez longuíssimos segundos.
Afinal, Livia, quase incrédula, perguntou:
– Você não tem nada a me dizer?
– Não – respondeu Montalbano, e desligou.

Não voltou a entrar de imediato no restaurante: precisou se apoiar com todo o corpo numa parede e assim ficou durante alguns minutos, sentindo-se vazio por dentro. Acendeu um cigarro, mas o sabor lhe deu engulhos e ele o jogou fora. Por fim, respirou fundo e retornou à mesa.

Assim que ele se sentou, Antonia o encarou, em silêncio, e depois perguntou:
– Más notícias?
– Sim, eu diria que, de fato, sim.
Nesse momento, chegaram os bifes, mas Montalbano tinha perdido completamente o apetite.
Antonia compreendeu a situação.
– Esta carne está uma droga, o que acha de irmos embora?
Montalbano pagou, saíram, entraram no carro sem falar e, afinal, chegaram diante do portão do prédio na via Biancamano.
– Temos um problema – disse o comissário. – Sabe a amante de Mimì, da qual lhe falei? Eu queria evitar encontrá-la.

– Não se preocupe, eu cuido disso. Deixo o portão aberto para você e vou entrando. Conte até cem.

A moça desceu do carro, meteu a chave no portão e desapareceu lá dentro.

Tendo chegado a cem, Montalbano abriu de chofre a porta do veículo e esta foi se encastrar na calçada, deixando apenas uma fresta por onde certamente não seria possível passar.

Praguejando, ele agarrou a porta com as duas mãos para tornar a fechá-la, mas não conseguiu: ela parecia, sabe lá por quê, soldada com o paralelepípedo. O comissário então abriu do outro lado, desceu, contornou o carro e tentou fechar a maldita porta empurrando-a de fora. Desta vez conseguiu, finalmente. Contornou de novo o veículo, entrou pelo lado do passageiro, ligou o motor e percebeu que o espaço de manobra de que dispunha entre o carro que estava à sua frente e o que estava atrás era de pouquíssimos centímetros.

Levou uns bons cinco minutos para conseguir afastar o carro da calçada. Finalmente desceu e atravessou a rua. Parou diante do portão, o qual, vá-se saber por quê, já não estava aberto. Tocou o interfone, mas ninguém atendeu. Havia perdido tempo demais.

O jeito era telefonar. Ele puxou o celular e ligou para Antonia.

– Que fim você levou? – disse a moça.

– Tive um contratempo!

– Outro telefonema com más notícias? – perguntou ela.

– Vai abrir pra mim ou não?

– Vou abrir, vou abrir.

Finalmente o comissário pôde entrar. Subiu correndo os lances de escada e se catapultou dentro do apartamento.

# 16

Quando Montalbano cerrou a porta atrás de si, a sala mergulhou em total escuridão. Ele escutou a voz de Antonia:

— Antes de acender as luzes, vamos verificar se está tudo bem fechado.

O comissário foi conferir a única janela do aposento.

— Esta aqui está segura — declarou, e acendeu a luz.

Os dois não se disseram nada: fitaram-se olhos nos olhos e sentiram necessidade de se abraçar. Depois Antonia recuou um passo e disse:

— Vamos.

Inspecionaram o apartamento canto por canto: era óbvio que ninguém morava ali havia tempo. Um dos aposentos deixou-os particularmente impressionados: todas as paredes eram cobertas por uma espécie de estante feita de tábuas, mas sobre essas tábuas não havia livros, e sim centenas de conchas que iam de umas maiores, quase gigantescas, a uma infinidade de outras menorzinhas.

Não que Montalbano entendesse alguma coisa de tudo aquilo, mas teve a nítida sensação de que se tratava de uma coleção preciosa. Eis o motivo pelo qual Aurisicchio queria que somente o proprietário da agência tivesse as chaves do apartamento.

– Vamos ao quarto de dormir – propôs Antonia.

Era o último cômodo à direita e correspondia exatamente, como havia dito Mimì, ao de Genoveffa, ou melhor, Geneviève.

Assim que entraram, o comissário fechou a veneziana. Acenderam as luzes e finalmente tiveram diante de seus olhos o famoso quarto do morto de Augello.

A mobília consistia de um par de cadeiras e uma cama de casal com dois colchões cobertos por um lençol. Havia também um travesseiro.

Antonia colocou a maleta sobre uma mesa de cabeceira e disse ao comissário:

– Sente-se em algum lugar aí e me deixe trabalhar.

Montalbano se sentou na primeira cadeira ao seu alcance e ficou observando a moça.

Antonia se movia com uma elegância natural que o encantava.

Para começar, tirou da maleta uma espécie de lente de aumento com uma luzinha dentro e, com esse instrumento, passou a examinar o lençol, centímetro por centímetro. Em seguida, deixou de lado a lente e tirou outro objeto que parecia uma luneta. Trabalhava silenciosa, precisa, metódica.

Pouco depois, largou a luneta e pegou uma espécie de raspadeira, além de um saquinho de plástico transparente: passava levemente o instrumento sobre o tecido e em seguida colocava no saquinho o material que ficava preso à lâmina.

Depois de uma meia hora desse trabalho silencioso, Antonia se deteve para olhar uma parte do lençol que ficava um pouquinho embaixo do travesseiro. Retomou a lente, examinou aquela parte com extrema atenção e, finalmente, se decidiu por informar ao comissário:

– Aqui há uma manchinha que poderia ser de sangue. Mas, com os instrumentos que tenho, não posso examiná-la direito. O que faço? Será que posso cortar um pouquinho do lençol?

– Mas é claro – disse Montalbano. – Somos poucos os que sabemos do morto de Augello.

Antonia tirou da maleta uma tesoura, cortou um pedacinho do lençol e o guardou em outro saquinho de plástico.

– Terminei – disse ela ao comissário.

– E o que me diz?

– Bem, para começar, há uma anomalia absoluta: um cadáver sobre um lençol e um travesseiro como estes deixa indefectivelmente uma marca. Aqui temos alguma coisa, mas não é suficiente para ser relacionada ao peso de um corpo morto que tenha ficado apoiado sobre eles.

Montalbano não entendeu nada.

– Desculpe, Antonia, o que está me dizendo?

– Estou dizendo que setenta, oitenta quilos de carne inerte, pousados, mesmo que durante pouco tempo, sobre um colchão, deveriam ter deixado um afundamento, uma depressão mais evidente.

Montalbano a interrompeu:

– Mas já se passaram vários dias...

– Certo, mas acredite: a marca deveria ser muito mais clara, e, aqui, é quase imperceptível.

– E o que isso vem a significar?

– Assim, de cara, não sei lhe dizer. Preciso mandar examinar no laboratório os vestígios.

– E agora, o que faremos? – perguntou o comissário, um pouco decepcionado.

— Agora, se você quiser, podemos voltar à via La Marmora e terminar o trabalho das pastas.

Montalbano olhou o relógio. Não eram nem dez horas...

— Tudo bem, mas, antes, vamos comer alguma coisa.

— Arre — disse a moça —, comer... A esta hora, vamos ter que nos contentar com uns *tramezzini* meio desmanchados, em algum bar...

— Não — interrompeu o comissário —, minha proposta é outra. Vamos jantar na minha casa?

— Em casa? Ainda vamos cozinhar? Mas não temos tanto tempo assim...

— Que cozinhar, que nada! Eu tenho a sorte de contar com Adelina, uma cozinheira fenomenal. Você não vai se decepcionar.

— Tudo bem — aceitou Antonia.

Já em Marinella, Antonia, instalada na varanda, não conseguiu acreditar nos próprios olhos:

— Mas isto aqui é deslumbrante!

Montalbano ficou orgulhoso.

— Vou ver o que Adelina deixou.

Na geladeira não havia nada, mas em compensação, dentro do forno... estava um prato que ele jamais tinha visto!

Como se tivesse adivinhado que naquela noite haveria uma convidada importante, Adelina tinha preparado um maravilhoso timbale de macarrão com massa folhada.

Era igualzinho àquele descrito em *O leopardo*, de Lampedusa: um timbale digno de príncipes! O comissário o desenformou, colocou-o numa bandeja ao lado de dois pratos, dois garfos, dois copos e uma garrafa de vinho, e levou tudo para a varanda. Antonia ficou maravilhada. De início, nenhum dos dois tinha coragem para romper a crosta de massa, até que

Montalbano, cavaleiro sem medo e sem mácula, se decidiu a fazê-lo, enchendo o ar com um aroma de açúcar e canela que os deixou quase tontos. Aberto o timbale, o recheio pareceu a eles uma bênção de Deus.

Antonia e Salvo se entreolharam, felizes, e começaram a comer diretamente da bandeja.

Durante no mínimo três minutos, trocaram apenas sorrisos de contentamento e gemidos de prazer. Depois de um tempinho, Antonia perguntou:

– Afinal, Adelina sempre cozinha assim?

– Não – respondeu Montalbano. – Talvez tenha intuído que esta noite seria importante.

– Não aguento mais nada – disse a moça a certa altura, pousando o garfo.

Ele achou que seria indelicado continuar comendo, embora sua vontade fosse a de raspar a bandeja. Para não ceder à tentação, levantou-se e levou o resto do timbale para a cozinha. Quando voltou à varanda, trazia outros dois copos e uma garrafa de uísque. Ficaram bebendo aos pouquinhos, sem falar.

Montalbano sentia seu coração se abrir lentamente à felicidade de estar ao lado daquela criatura que lhe parecia um presente caído do céu, numa fase da vida em que ele já estava certo de que semelhante milagre nunca mais poderia acontecer. Não podia ser verdade, e assim, sobretudo para ter certeza de que aquele momento era real, pousou um braço em torno dos ombros de Antonia e puxou-a para si. Ela se abandonou. Foi essa proximidade de contato que o encorajou a falar.

– Você deve ter percebido que eu fiquei muito perturbado por aquele telefonema, quando estávamos no restaurante.

– Sim, mas não se incomode por minha causa. Você não tem nenhuma obrigação de me contar...

– Mas eu quero justamente falar disso. É um assunto que tem a ver diretamente com você.

Antonia se mostrou surpreendida.

– Diretamente comigo? – perguntou, afastando-se dele.

– Sim. O telefonema foi de Livia, minha companheira. Creio que havia mencionado a você que não era sozinho.

– Lembro muito bem.

– Estou com ela há muito tempo. Livia mora na Ligúria...

Antonia o interrompeu.

– Não existe melhor maneira para tornar duradoura uma relação...

– Qual?

– Estar junto, mas não ficar junto. Mas continue, por favor. Estou muito curiosa por saber de que modo esse telefonema tem a ver comigo diretamente.

Montalbano hesitou por uns segundos: pareceu-lhe ter percebido uma certa ironia nas últimas palavras dela. Mesmo assim, prosseguiu:

– Livia é para mim uma pessoa importantíssima. Uma mulher, uma companheira... estamos juntos há tanto tempo que eu nem saberia lhe dizer quanto. Só que...

– Só que...

– Só que, a esta altura, nossa relação mudou. A distância que, antes, era um estímulo para tentarmos nos ver sem demora, hoje é somente distância. A paixão se transformou em amor fraternal. Já não sentimos a necessidade de passar o tempo juntos. Em suma, temo que minha relação com Livia tenha acabado.

– Mas, desculpe, e o que eu tenho a ver com isso?

– Você tem a ver, Antonia, tem a ver, porque conhecê--la foi a prova dos nove. Com você eu me sinto vivo, tenho o desejo de estarmos o tempo todo juntos, sinto necessidade física de tê-la ao meu lado. Quero ficar com você. Estou feliz com você.

Antonia o encarou, impressionada e perplexa.

– Mas eu estou indo embora. Eu não...

– Antonia, eu vou com você. Peço transferência, ou então me demito, sei lá, mas não quero perdê-la. Quero que moremos juntos.

Nesse momento, Antonia se levantou, aproximou-se da balaustrada da varanda, depois voltou, tomou um gole de uísque e se sentou de novo.

– Só uma questão, Salvo.

– Diga.

– Por acaso você se perguntou, mesmo que somente por um instante, o que eu quero? Se desejo morar com você, se o que você sente por mim é correspondido, se eu também quero tê-lo ao meu lado no futuro?

Ela se deteve um pouco, bebeu outro gole de uísque e, em tom bem mais enfurecido, continuou:

– Por quê? Eu me pergunto: por que você acha que uma mulher jovem, razoavelmente bonita, com uma carreira que afinal se desenvolve bem, não vê a hora de ter um homem ao lado dela? Será que também acredita que eu só estou esperando me casar e ter filhos, para então parar de trabalhar? Nunca lhe passou pela cabeça a ideia de que, se eu sou sozinha, é porque desejo estar sozinha? E não porque seja misógina, nem lésbica, nem porque meu pai me violentou, nem porque seja uma solteirona por natureza, e tampouco porque estou decepcionada com os homens, mas simplesmente porque assim estou bem? Estou bem sem ter deveres em relação a outros, a um marido, a um filho. Estou bem comigo mesma. Ponto final.

Montalbano recebeu as palavras de Antonia como se fossem uma série de facadas no coração. Porque de repente se deu conta de que estava tão cegamente apaixonado que não havia visto a realidade da pessoa à sua frente. Tinha considerado Antonia como coisa já sua, um erro terrível, causado talvez pela proximidade da velhice. Ou, quem sabe, somente pelo medo. Quantos anos de diferença havia entre ele e aquela moça?

Não compreendera que, para Antonia, o encontro dos dois talvez tivesse sido apenas algo passageiro, enquanto ele acreditava que aquele encontro podia significar o ponto de chegada de sua existência, e não se perguntara, nem por um instante, o que aquilo significava para ela.

Apesar de tudo, Montalbano não somente continuava a desejá-la como também, valorizando a sinceridade e a honestidade dela, agora a admirava ainda mais.

Ficou mudo, em silêncio total, até que a moça disse:

– E você tem tanta certeza assim de que, com Livia, tudo realmente acabou?

Montalbano exibiu um sorriso forçado e não respondeu de imediato. Afinal, disse:

– Obrigado por me ter feito compreender um monte de coisas. Peço desculpas. Agora, se você quiser, podemos ir.

Montalbano levou todo o tempo de trajeto até a via La Marmora contando a Antonia o que a sra. Pastore lhe havia relatado e as conclusões às quais ele chegara junto com Fazio e Augello. Antonia ficou o tempo todo em silêncio, escutando, sem dizer uma palavra. Sentaram-se no sofá de sempre. As doze pastas continuavam ali, empilhadas umas sobre as outras.

– Estou cada vez mais convencido – declarou o comissário – de que, numa destas, aparece o nome do assassino.

– Pois eu estava pensando em outra coisa – disse ela.

– Em quê?

– Se bem entendi o que você me contou, em princípio ninguém poderia subir ao apartamento da via Biancamano, porque o proprietário deixou as chaves com a agência. Então me pergunto: como fizeram para entrar? Como conseguiram tirar de lá o cadáver? Está claro que deve existir, em algum lugar, um outro jogo de chaves, que alguém deve ter usado. Posso fazer uma sugestão?

– Diga tudo o que quiser – respondeu o comissário, sorrindo. Antonia lhe deu um empurrãozinho e continuou:

– Eu teria uma conversinha com esse senhor da agência.

– Tem razão – disse Montalbano. – Bom, vamos trabalhar nas pastas?

– Estamos aqui para isso. Mas imaginei um jeito de pouparmos tempo.

– Qual?

– Enquanto trabalhava em minha sala em Montelusa, pensei neste caso o tempo todo. Cheguei até a baixar da internet a peça *Esquina perigosa* e li todinha. Fiquei muito impressionada pela personalidade de Carmelo Catalanotti. Evidentemente, esse homem gostava muito de brincar com fogo.

– Em que sentido?

– No sentido de que ele ia procurar, e encontrava, homens e mulheres que tivessem algo a esconder, ou então grandes problemas pessoais. E conseguia até levá-los a lhe contar tudo...

– Mais ainda – interrompeu-a Montalbano. – Não se contentava com a narração: primeiro levava-os a confessar e depois, no devido tempo, conseguia reabrir as velhas feridas, cutucando-as até fazê-las sangrar de novo.

– Tem razão – prosseguiu Antonia. – Tinha um sexto sentido muito acurado, uma espécie de varinha mágica que o levava a descobrir pessoas borderline, de reações nem sempre previsíveis. Reações, aliás, que ele provocava deliberadamente. Em suma, tenho a impressão, não sei explicar, de que ele foi vítima, como direi, de um acidente de trabalho...

— Você chegou à mesma conclusão que eu.

Antonia recomeçou:

— Se o modelo de encenação de Catalanotti era a sociedade da sra. Pastore, está claro que as informações recebidas dela foram, para ele, reveladoras e ao mesmo tempo restritivas.

— Em que sentido?

— No sentido de que, enquanto na empresa Pastore todos estão convencidos de que se tratou de um suicídio, na peça ocorre uma guinada, isto é, vem-se a descobrir que a assassina, se assim podemos chamá-la, foi Olwen, a qual de repente se deparou com uma tentativa de abuso por parte de Robert. A morte foi acidental. Como havia sido ameaçada com um revólver para ceder aos desejos do homem, Olwen fez inadvertidamente aquele disparo que matou o próprio Robert.

— Exato — disse Montalbano.

— Portanto, se Catalanotti seguia passo a passo esta história, é claro que, entre as doze pastas que selecionamos, nós vamos encontrar a assassina.

— Viu que chegamos à mesma conclusão?

— Espere, me deixe concluir: para economizar tempo, eu o aconselho a se concentrar somente nas mulheres, na possível Olwen.

Enquanto ela falava, um pensamento começou a nascer na cabeça de Montalbano; e ele, como não queria acrescentar mais dúvidas às já existentes, falou abertamente:

— Antonia, obrigado. Você me fez uma exposição longa e inteligente, me deu dicas muito importantes. Mas eu queria lhe perguntar uma coisa, e espero que me responda com sinceridade. Essas suas palavras significam que você não vai mais se ocupar deste caso?

– Sim, Salvo, minha colaboração termina aqui. Tenho uma última tarefa: os resultados das análises sobre os vestígios encontrados na via Biancamano, que vou lhe encaminhar o mais depressa possível.

O que ele podia dizer?

Qualquer frase iria piorar a situação entre os dois. Só restava aceitar a realidade. Ah, a evidência dessa realidade fodida!

Como era difícil engolir a realidade daquele momento de sua vida! No entanto, ele não tinha alternativa. Fechar os olhos e engolir, engolir. Até a borra.

– Tudo bem – disse, levantando-se impulsivamente. – Se você quiser, podemos ir.

– Vamos – respondeu ela.

O comissário pegou as pastas, colocou-as embaixo do braço e, dez minutos depois, os dois estavam no carro.

– Eu te levo.

– É claro. Como você acha que eu poderia voltar?

Montalbano se sentia dividido: por um lado, gostaria de levar a moça para o hotel o mais depressa possível, a fim de poder curtir sozinho a própria dor. Por outro, estava inclinado a ir mais devagar do que uma lesma, para ficar com ela por mais alguns segundos. Não conseguiu resistir e dirigiu tão lentamente que, a certa altura, Antonia perguntou:

– Está tudo bem?

– É o motor que... – balbuciou ele.

Levou uma eternidade. Antes de sair do carro, Antonia se debruçou para ele e o beijou na bochecha.

– A gente se fala mais tarde – disse, e se afastou.

Montalbano a seguiu com a vista e continuou olhando-a até a porta do hotel se fechar.

Passou uns dez minutos parado ali, imóvel, sentindo que em suas veias estava acontecendo uma coisa curiosa: era como se alguém lhe tivesse aplicado uma injeção de gelo. Era isto: sentia-se como um cubo de gelo, glacial, sem vida. Não conseguia se mexer para ligar o carro. Finalmente conseguiu e, então, partiu disparado para chegar o mais depressa possível à sua toca de Marinella, como se pudesse se esconder dentro de um refúgio seguro, inviolável.

Ir dormir, nem pensar. Abriu a porta balcão, instalou-se na varanda, mas dentro de poucos minutos se levantou, a noite lhe pareceu muito fria. Então pegou as pastas, que havia deixado em cima da mesa, e levou-as para junto da poltrona, diante da televisão. Sentou-se. Tirou da pilha a primeira, pousou-a sobre os joelhos, abriu-a. Um instante depois, fechou-a. Não sentia a menor vontade de se ocupar da investigação. Incontáveis pensamentos giravam em sua cabeça, mas eram todos retorcidos como serpentes. Acendeu um cigarro e ficou fumando, enquanto olhava a tela da tevê desligada. Ouviu-se um toque brevíssimo do telefone, logo interrompido. Por um instante, o coração de Montalbano parou. Para chamá-lo àquela hora, só podia ser Livia, ou então... ou então Antonia. Mas não houve nenhum outro toque. Certamente havia sido uma interferência. Então, ele teve o violento impulso de ligar para Livia. Levantou-se, pousou a mão no aparelho... e se deteve. Fez que não com a cabeça. Voltou a sentar-se.

E se perguntou: por que sentira necessidade de telefonar para Livia? O que queria ou podia dizer a Livia? O que Livia queria ou podia lhe dizer, depois daquilo que já dissera ao telefone com tanta clareza?

Ela havia gritado que não queria mais esperar.

*Eu espero, espero... venho esperando a vida inteira, suspensa entre seu trabalho e algo que deveria acontecer num futuro que não chega nunca.*

O futuro? Mas ele desejava um futuro com Livia?

Durante anos, vivera aquela relação como se estivesse suspensa no tempo e no espaço. Seu trabalho havia sempre levado a melhor. Os projetos dos dois sempre haviam sido deixados no ar. Quando surgira a possibilidade de assumir, digamos assim, as responsabilidades do relacionamento, na época de François, por exemplo, ele havia recuado. Jamais tinha feito a Livia uma proposta séria de casamento, de viverem juntos. Sempre que falavam disso, ele depois deixava o assunto de lado, congelando-o naquela bolha fora do espaço e do tempo. Como se seu relacionamento com Livia estivesse blindado demais para ser condicionado pelo espaço e pelo tempo... como se fosse dado por certo... previsível. E previsíveis tinham se tornado, àquela altura, os telefonemas recíprocos para falar de uma coisa e outra, os serões passados lado a lado no sofá sem se dizerem quase nada, abraçados na cama sem ao menos um beijo.

Por acaso aquilo era amor?

Não teve dúvidas: sim, era amor. Velho, consumido como um traje usado por muito tempo, com uns buracos aqui e ali, cerzido da melhor forma possível, fatigado, mas, de qualquer maneira, amor.

Então, ao escutar mentalmente essa palavra, seu coração se apertou de repente e outro nome veio à tona: Antonia. Com Antonia, sim, ele havia imediatamente feito projetos para o futuro: confessara a ela, sem meias-palavras, que desejava estar sempre em sua companhia, que poderia até se aposentar, desde que pudesse segui-la até o fim do mundo. No entanto, com Antonia, nada era dado por certo: não eram previsíveis as conversas, não era previsível o modo de fazerem amor, não era previsível se e quando iriam se rever. Toda a relação deles era incerta, à mercê do espaço e do tempo.

    E aquilo? Aquilo seria amor?

    E, também desta vez, Montalbano não teve dúvidas: sim, era amor.

    O jeito era se atracar com a garrafa de uísque. E foi o que ele fez.

    Mal se deitou, afundou numa voragem escura, e assim não soube como, quando e a que horas finalmente havia decidido tirar a roupa e ir dormir sem sequer tomar banho.

    A certa altura, o som insistente do telefone o obrigou a abrir dificultosamente os olhos. Fechou-os de imediato, ferido pela luz do alvorecer.

    "Isso", pensou, enquanto se levantava para ir atender, "deve ser aquele chato do Catarella para me informar que alguém foi assassinado."

    Com a boca empastada de uísque, pronunciou um "alô" que parecia uma espécie de grunhido. Mas a voz que lhe respondeu tornou-o repentinamente lúcido, presente, atentíssimo.

    – Estava fazendo o quê? Dormindo? – perguntou Antonia.

    Embora a mente dele tivesse entrado em alerta, sua voz o traiu.

    – Nzzz ngrt.

    – Façamos o seguinte – disse a moça, prática. – Vá tomar uma chuveirada, te ligo daqui a dez minutos.

# 17

Montalbano saiu correndo e fez tudo numa tal velocidade, que era de comédia de cinema mudo. Antes que o telefone tocasse de novo, teve tempo até para pentear o cabelo, passar a loção pós-barba com perfume de sândalo e botar a cafeteira no fogo.

– Alô – disse, desta vez com voz clara. – Como é que você...?

– Desculpe, tem razão. Talvez seja muito cedo, mas eu trabalhei a noite inteira.

– Trabalhou a noite inteira? Onde?

– Depois que você me deixou no hotel, eu estava sem sono, então fui para o laboratório. Analisei o material coletado.

– Alguma novidade? Se você quiser, vou agora mesmo ao seu encontro e podemos tomar juntos o café da manhã, e aí você me diz o que descobriu – propôs Montalbano, partindo acelerado.

– Não, desculpe, preciso dormir.

– Então me conte – disse o comissário, pisando no freio.

– Não há vestígios orgânicos.

— Como assim? E aquela manchinha de sangue?
— Efeitos especiais.
— Ou seja?
— É sangue de mentirinha, artificial. Um composto químico que é usado para efeitos especiais em cinema.

Por um momento, Montalbano ficou atordoado.

— E as outras coletas?
— Nada relevante. Havia somente misturas de ésteres, álcoois, ácidos saturados.
— Ou seja? – repetiu Montalbano.
— Cera.
— Não entendi.
— Cera, Salvo. Cera comum.
— E o que isso significa?
— Aí eu já não sei.
— Seria de velas que talvez alguém tenha acendido junto do cadáver?
— Não, eu diria que não. Eram lascas minúsculas de cera colorida, em rosa clarinho, azul e preto...

Montalbano permaneceu mudo. Estava realmente perplexo.

— Bem, já que você não tem nada a me dizer – disse a moça –, eu vou dormir.
— Obrigado. Mas quando podemos...

Bip... bip... bip...

Antonia já desligara.

O que significava aquela nova complicação?

O comissário não quis pensar a respeito e deixou toda a questão para mais tarde. A coisa mais importante que ele devia fazer era aquela sugerida justamente por Antonia: ir falar com o responsável pela agência.

Assim que o viu chegar com os braços carregados de pastas, Catarella saiu correndo da cabine telefônica e foi aliviá-lo do peso.

– Fazio e Augello estão aí?

– Se encontram-se *in loco*, dotor – respondeu Catarella, pousando as pastas sobre a escrivaninha.

– Mande os dois aqui.

Cinco minutos depois, teve início a reunião na sala de Montalbano.

– Seriam estas as famosas pastas? – perguntou Mimì.

– Sim – confirmou Montalbano. – São o resultado de uma longa e cuidadosa avaliação que fizemos...

– Fizemos? – interrompeu Augello.

– Que eu fiz – corrigiu-se imediatamente o comissário. – Aqui estão as pastas que selecionei. Nelas constam os perfis de indivíduos que apresentam anomalias psicológicas, ou então uma propensão natural para toda forma de transgressão. Ou seja, os mais inclinados a se rebelar contra as imposições de Catalanotti. Fui claro?

– Claríssimo – disse Fazio.

– Em cada pasta, vocês encontrarão também uma foto que, em minha opinião, foi tirada sem que o interessado soubesse. Mas o bravo Catalanotti não facilitou nossa tarefa, porque omitiu o sobrenome, o endereço e o número de telefone das pessoas que submeteu a testes de audição. Comecem da segunda pasta em diante, porque sobre a primeira eu já sei o suficiente. Portanto, a tarefa que lhes dou é a de conseguir o milagre de identificar todo mundo. Agora, tenho outra coisa a fazer. Fazio, está com as chaves da carceragem?

– Sim.

– Então, passe pra mim.

Fazio puxou-as do bolso e as entregou a Montalbano. Este se levantou.

– Nos vemos daqui a cinco minutos – disse.

Saiu da sala, foi até o final do corredor, abriu a porta da carceragem e fechou-a atrás de si.

Tano Lo Bello estava sentado no enxergão, cotovelos apoiados nos joelhos, mãos segurando a cabeça. Montalbano se plantou de pé diante dele. Tano ergueu a vista. Já não tinha o olhar animalesco da véspera. Agora parecia um cachorro espancado. Ficaram se encarando um momento, até que Montalbano tirou do bolso um papelzinho e o colocou diante da cara de Tano.

– Preste bem atenção: se você aceitar minha proposta, este papelzinho vai continuar sendo um papelzinho que eu guardo de volta no bolso. Mas, se você disser que não, este papelzinho se transforma num envelope. E sabe o que tem dentro desse envelope?

– Não, senhor.

– Uma boa dose de cocaína. E sabe onde encontramos esse envelope?

– Não, senhor – repetiu o ogro, agora quase domesticado.

– Encontramos no seu bolso, junto com mais uns dez envelopes iguais. Entendeu?

– Sim, senhor. Entendi.

– Preciso dizer mais alguma coisa?

– Não, senhor. Pode me fazer a proposta.

– É muito simples: Nico e sua filha têm que ficar de fora do episódio do tiro.

– Explique melhor, por favor.

– Nico sempre repetiu que não conseguiu ver quem atirou nele. Você deve confirmar esse depoimento. Fui claro?

– Claríssimo. E o que eu ganho em troca?

— Em troca, sua agressão a um servidor público é cancelada, nós nunca encontramos a droga, e você vai preso somente por tentativa de homicídio. Ou seja, alguns aninhos de cadeia a menos. Precisa pensar sobre o assunto?
— Não, senhor – respondeu o ogro.
— Então, até logo – disse Montalbano.
Abriu a porta da carceragem, fechou-a. Sentia-se envergonhado por ter precisado recorrer a uma chantagem. Mas não tinha escolha. Voltou à sua sala. Dirigiu-se a Fazio:
— Lembra que eu tinha lhe pedido para engavetar os depoimentos de Nico e Margherita?
— Sim, doutor.
— Desapareça com eles. Nico não viu quem o alvejou.
Em segundos, Fazio entendeu tudo.
— Mas podemos confiar em Tano? – perguntou, enquanto guardava de volta as chaves que Montalbano lhe devolvia.
— Sim. Me faça um favor: avise à família Lo Bello que eles podem ficar sossegados. Nos vemos daqui a umas duas horas.
E foi saindo. Mas, tendo chegado ao portão, foi detido por Catarella:
— Ah, dotor, dotor, aconteceria que tá na linha o dotor Pasquano, que quer falar pessoalmente com vossenhoria de urgência, urgencialissimamente.
Santa Mãe de Deus! Havia esquecido por completo a autópsia! Atendeu na cabine de Catarella, mal teve tempo de dizer "alô" e já foi submergido por um dilúvio de impropérios.
— Afinal, o senhor ficou definitivamente abestalhado? Perdeu a memória? Não percebe que já não aguenta a velhice que lhe pesa sobre os ombros? Como é que, e estou me perguntando isso faz alguns dias, como é que ainda não me encheu o saco pra saber o resultado da autópsia de Catalanotti? Ou prefere que eu fale disso com Catarella, quem sabe ele mesmo

resolve o caso em seu lugar? Todas essas perguntas, e nenhuma resposta. Será que o senhor pode me ajudar...

— Dr. Pasquano, me desculpe. Mas não soube da notícia?

— Qual?

— Deu na televisão e no rádio. Houve casos gravíssimos de envenenamento por uma partida estragada de ricota para *cannolo*, e fiquei com medo de ir vê-lo.

— Ora, vá tomar no cu!

— Peço desculpas por ter fugido. O senhor tem razão, sou apenas um pobre velho. Agora, pode falar.

— E me escute com atenção, porque a coisa é, no mínimo, singular. À primeira vista, trata-se de uma morte causada pelo golpe do abridor de envelope. Só que, ao observar o ferimento no coração, constatei que havia uma outra lesão, gravíssima, ocorrida pouco antes.

Montalbano se espantou.

— Quer dizer que ele foi apunhalado duas vezes?

— Não falei de punhaladas. Faça-me o favor de acionar melhor o pouco de cérebro que ainda lhe resta. Repito: escute atentamente. Falei de um ferimento no coração, causado pelo abridor de envelope, e de uma lesão gravíssima, mas provocada por um infarto. Portanto, no momento da punhalada, o homem tinha acabado de morrer.

Montalbano estava tão perplexo que não conseguiu abrir a boca.

Pasquano continuou:

— A esta altura, deveria vir de sua parte a seguinte pergunta: e como o senhor percebeu isso? E eu responderia: porque, já não estando em funcionamento a circulação sanguínea, a laceração cutânea, ou seja, aquela produzida pelo abridor de envelope, não ficou infiltrada. E digo mais: considerando sua incapacidade de participar deste nosso diálogo, adianto-lhe que o infarto resultou de um excesso de estimulantes sexuais. Talvez, aliás, esta seja a única parte desta conversa que o senhor tem condições de captar. Agora me ouça: visto que continua em estado catatônico, desligue o telefone, e assim se encerra nossa brilhante comunicação.

Como um autômato, Montalbano obedeceu e ficou olhando para Catarella.

– Está se sentindo bem, dotor?

Após cinco minutos de mudez, o comissário voltou à realidade.

– Estou bem, estou bem – disse. E se encaminhou para seu automóvel.

Segundo Fazio havia informado, a agência ficava perto do fim da avenida principal. Só que, no meio do trajeto, Montalbano foi parado por um guarda que o conhecia.

– Desculpe, comissário, mas o trânsito está temporariamente interrompido aqui, porque um bueiro explodiu.

– E agora?

– Agora o senhor precisa dar a volta.

Praguejando, ele engrenou a ré e, na altura do primeiro beco à direita, manobrou, em seguida dobrou à esquerda, e desta vez se viu numa ruela bem estreita, no meio da qual, ainda por cima, estava parada uma van. Buzinou, mas não houve nenhuma resposta. Dentro da van não havia ninguém. Ele ficou esperando, enquanto, à sua retaguarda, se formava uma longa fila de veículos e começava o concerto das buzinas, dos gritos e dos palavrões.

À esquerda, havia uma igrejinha com o portão escancarado. Depois de um tempinho, saiu um homem que levou a mão à boca, em concha, e avisou:

– Tenham mais uns cinco minutos de paciência, porque estamos carregando o santo.

Montalbano resolveu que o jeito era sair do carro, e assim fez. Nesse momento, surgiram de dentro da igreja dois homens que transportavam a estátua de um santo em tamanho natural, enquanto uma terceira pessoa a mantinha equilibrada pela parte de trás.

Tendo chegado à altura da van, os três a pousaram cuidadosamente no chão.

Montalbano ficou curioso e perguntou a um deles:

– O que vocês estão fazendo?

– Estamos levando santo Antão para o conserto.

– Por quê? O que aconteceu?

– Aconteceu que caiu uma tocha acesa e a mão direita do santo se derreteu, como o senhor pode ver.

– Como assim, se derreteu?

– Claro! Ele é feito de cera.

Ao ouvir tais palavras, Montalbano ficou atônito.

Enquanto isso os três haviam conseguido, com dificuldade, instalar o santo dentro da van. Agora, por segurança, estavam firmando-o com faixas elásticas.

Foi nesse momento que Montalbano se recobrou.

– Queiram desculpar – disse –, mas aonde vão levá-lo para consertar?

– Vamos a Fela, porque lá existe uma fábrica de estátuas de cera.

Finalmente a van partiu, mas o estardalhaço dos palavrões e das buzinas recomeçou mais forte do que antes. De fato, o comissário não se dava conta de que continuava plantado, como um poste, no meio da rua. A certa altura, sentiu que alguém o agarrava por um braço e o sacudia com violência.

– Vai acordar ou não?

— Desculpem, desculpem – disse ele, atrapalhado.
Entrou no carro e partiu. Mas, poucos metros adiante, aproximou-se da calçada. Freou. Desceu.
Não conseguia dirigir.
Com que então em Fela havia uma fábrica de estátuas de cera?

*...havia somente misturas de ésteres, álcoois, ácidos saturados.*
— Ou seja?
— Cera.
— Não entendi.
— Cera, Salvo. Cera comum.

Sentou-se na primeira cadeira que encontrou num bar.
— O que deseja? – perguntou o garçom.
— Me traga um café forte, mas bem forte mesmo – pediu o comissário.

A agência imobiliária Casamiga consistia de uma sala razoavelmente grande, dentro da qual havia duas escrivaninhas. Uma estava livre, e na outra se encontrava um cinquentão, bem vestido, falando ao telefone. Nas paredes, centenas de fotografias coloridas de apartamentos e casas com a respectiva planta ao lado e, embaixo de cada foto, uma plaquinha com o texto: "PREÇO DE OCASIÃO!!!". O senhor que telefonava acenou a Montalbano para se sentar na cadeira que havia à sua frente. Enquanto ele continuava a falar, o comissário olhou ao redor. A escrivaninha livre parecia em perfeita ordem. Via-se que o ocupante estava atrasado, ou então acompanhando algum cliente.
O homem encerrou o telefonema, sorriu ao comissário e lhe estendeu a mão.

— Bom dia, eu sou Michele Tedesco, proprietário da Casamiga. Em que posso ser útil?

A história do santo de cera continuava firme, ocupando metade do cérebro de Montalbano, de modo que ele decidiu: o melhor seria ir direto ao assunto. Então, jogou logo todas as fichas:

— Eu sou o comissário Montalbano.

— Oh, queira desculpar — disse o proprietário —, eu não o tinha reconhecido.

— Sem problema. Preciso de algumas informações sobre o apartamento de propriedade do sr. Aurisicchio, na via Biancamano.

Michele Tedesco fez uma cara espantada.

— Mas eu dei as chaves a um de vocês, um policial, dias atrás.

— Sim, de fato estão aqui no meu bolso — respondeu o comissário, tirando-as e pousando-as sobre a escrivaninha.

— Não compreendo por que... — principiou Tedesco.

Montalbano o interrompeu e começou a improvisar.

— Veja bem, estou aqui porque houve uma dupla denúncia.

— Dupla? De que se trata?

— A sra. Genoveffa Barucca, proprietária do apartamento em cima do de Aurisicchio, o qual ela sabe estar desabitado, ouviu, durante algumas noites seguidas, estranhos ruídos provenientes de baixo e até mesmo uns gritos sufocados de mulher.

— Mas quando? Não sei de nada disso. Acabo de voltar das férias.

— Me deixe terminar, por gentileza. Isso esclareceremos depois. Eu queria antes falar da segunda denúncia, que é bem mais grave. Mas preciso saber uma coisa: o senhor esteve naquele apartamento?

– Claro que sim.
– Viu o quarto com a coleção de conchas?
– Sim, obviamente. É de grande valor, e por isso mesmo Aurisicchio me pediu a cortesia de acompanhar pessoalmente as visitas dos clientes.
– Pois bem – prosseguiu o comissário. – Com base numa suspeita que me ocorreu, fotografei a coleção e enviei as imagens ao proprietário, o qual logo percebeu que faltavam bem umas quinze conchas, das mais preciosas, e por isso deu queixa de furto.

Tedesco ficou pálido como um cadáver.

– Então – concluiu Montalbano –, o senhor compreenderá que se encontra numa posição delicadíssima.

Tedesco, realmente perplexo, abriu e fechou a boca duas vezes e, afinal, conseguiu dizer:

– Mas os senhores têm certeza de que... de que... a porta não foi forçada?

– Certeza absoluta. Não há nenhum vestígio de arrombamento.

Foi nesse instante que se ouviu uma voz feminina:
– Bom dia a todos.

Montalbano se voltou e, por um momento, seu sangue parou de circular nas veias. A jovem sorridente que estava à porta era Maria del Castello, a Maria da primeira pasta de Catalanotti! A Maria da noite da homenagem na Trinacriarte!

– Bom dia, comissário – disse ela. Foi se sentar à escrivaninha livre e começou a trabalhar.

– Portanto – prosseguiu Montalbano, como se não a tivesse reconhecido, mas levantando um pouco a voz, a fim de ser ouvido também pela jovem –, está claro que alguém se apoderou das chaves do apartamento de Aurisicchio para roubar as conchas.

Enquanto falava, espiava Maria com o rabo do olho. Às palavras "chaves" e "Aurisicchio", percebeu que ela se empertigava na cadeira e se voltava quase totalmente para eles, como se quisesse escutá-los melhor.

– Se não foi o senhor – continuou Montalbano –, pode ter sido alguma outra pessoa que pegou as chaves em sua ausência. Pode me informar onde as guardava?

– Aqui dentro – disse Tedesco, abrindo a primeira gaveta da esquerda de sua escrivaninha.

– Estava trancada?

– Claro.

– Então, me faça um favor. Pegue estas chaves – disse Montalbano, estendendo-as a ele –, coloque na gaveta e tranque.

Tedesco obedeceu. Montalbano se levantou, plantou-se diante da gaveta e em seguida, dirigindo-se à jovem, a qual estava completamente voltada para os dois, observando a cena, perguntou:

– Por acaso a senhorita teria um grampo de cabelo?

– Sim – respondeu ela, levando a mão ao penteado e tirando um.

– Pode vir até aqui, ao meu lado, por favor?

– O que devo fazer?

– Tente abrir esta gaveta com o grampo.

– Mas eu nunca...

– Enfie o grampo na fechadura e experimente girá-lo em sentido horário...

A jovem obedeceu e, de repente, ouviu-se um clique proveniente da gaveta.

– Obrigado – disse Montalbano –, não preciso mais da senhorita.

Maria repôs o grampo nos cabelos, e o comissário notou que suas mãos tremiam e sua face estava pálida. Por fim, ela voltou a se sentar à escrivaninha.

Montalbano se inclinou um pouquinho, enfiou a mão esquerda embaixo da gaveta e puxou-a.

– Viu? – perguntou, dirigindo-se a Tedesco.

– Vi. E isso me deixa muito aliviado.

– Por quê?

– Bem, como eu estava fora, alguém pode ter aberto esta gaveta para pegar a chave.

– Quantos funcionários sua agência tem?

– Somente a srta. Maria del Castello.

– Mas eu não... – protestou a jovem, vivamente.

– Não tenho dúvida – declarou o comissário. – Pode ter sido a faxineira...

A esta altura, compreendeu que o melhor era deixar os dois cozinhando em fogo brando. Deu um tapa na testa:

– Puxa, desculpem, mas preciso ir. Tenham um bom dia.

E saiu, enquanto Tedesco e Maria permaneciam como duas estátuas de sal. Ou melhor, como duas estátuas de cera.

– Sabe de uma coisa, Mimì? Acho que sua convivência com Genoveffa te deixou bastante abobalhado.

– Como assim?

– De tudo o que houve, você não compreendeu porcaria nenhuma.

– Ou seja? – reagiu Augello, ressentido.

– Ou seja, seu morto não tinha sido morto por uma facada, mas por um tiro.

– ... mas naquela escuridão... você precisa entender que eu não podia...

– Só que, como você pousou a mão na testa dele, podia ter percebido uma outra coisa...

– Ou seja? – repetiu Augello, agora mais preocupado do que ressentido.

— Ou seja, que o morto da via Biancamano não era um morto de verdade.

— Mas que babaquice você está dizendo...

— Calado, Mimì, calado, que é melhor pra você. Seu morto era um boneco de cera.

Para não cair da cadeira na qual estava sentado, Augello se agarrou a Fazio, que estava ao lado dele.

— Mas quem lhe disse que...

— Mimì, acabo de voltar da fábrica Palumbo de artigos de cera, em Fela. Foram eles que confeccionaram seu morto: um belo homem, tamanho natural, lindamente pintado, alinhado, bem vestido e alvejado por um tiro no coração. Parecia gente, mas era uma verdadeira obra de arte. Imagine que era constituído por uma delgadíssima camada de cera, apoiada sobre uma trama de sutilíssimo fio de resina. Não pesava nada! Inclusive podia ser dividido em duas partes.

— Mas por que toda essa artimanha? Por que todo esse grande teatro?

— Para fazer teatro, justamente – retrucou o comissário. – Catalanotti mandou fabricar o boneco de cera e se servia dele para os testes. Aquele morto de mentirinha representava Martin.

Foi nesse exato momento que o telefone tocou.

— Ah, dotor, dotor! Tem um tudesco que disse uma coisa que não entendi nada mas que está na linha que quer falar com vossenhoria urgencialissimamente.

— Ele fala tudesco, ou seja, alemão antigo?

— Não, senhor dotor, fala do mesmo jeito que a gente.

— Tudo bem, pode transferir.

— Alô, doutor Montalbano? Aqui é Michele Tedesco.

Montalbano ligou imediatamente o viva-voz:

— Pode falar.

— Depois de sua vinda aqui, concluí que a única pessoa que pode ter usado as chaves da via Biancamano é minha assistente Maria. Dei um aperto, e ela confessou. Então a demiti imediatamente.

— Me diga uma coisa — pediu Montalbano. — Maria lhe explicou por que se servia daquele apartamento?

— Sim, para se encontrar com um amante. Não queria levá-lo para sua casa, com medo de ficar mal falada pelos vizinhos.

— Deve estar abalada por ter sido descoberta. Eu gostaria de conversar com ela. Sabe onde posso encontrá-la?

— Olhe, ela não me pareceu nem um pouco abalada. Apenas insistiu em repetir que não é uma ladra e que não pegou concha nenhuma. E também, na verdade, para ela este emprego era apenas um modo de pagar o aluguel. Sua verdadeira paixão é o teatro.

# 18

Montalbano sorriu, Tedesco prosseguiu:
– Maria é uma atriz, ou, pelo menos, considera-se como tal. Muitas vezes me dizia que, assim que fosse possível, largaria tudo por aqui para ir cursar a Academia em Roma. Aliás, justamente esta noite ela estreia um novo espetáculo no Teatro Satyricon, em Montelusa. Eu havia prometido que iria assistir... mas, considerando o que aconteceu, felizmente posso me poupar disso.

Para Montalbano, foi o suficiente:
– Muito obrigado por sua preciosa ajuda. Darei notícias.

Assim que desligou o telefone, foi atazanado pelas perguntas de Fazio e Augello:
– Quem é Maria? De novo, coisas de teatro? Mas por que, caralho, você nos mantém por fora de tudo?

Montalbano levou dez minutos para contar a eles sobre Maria del Castello, sobre a surpreendente conclusão à qual Pasquano havia chegado, deu-lhes o endereço, o número do telefone e concluiu:

– Mimì, não tenho disposição. Vá você ao promotor e peça autorização para revistar o apartamento da garota.
– E o senhor?
– Eu, considerando a hora, vou comer.

No carro, refletiu que a investigação sobre o homicídio de Catalanotti caminhava para a conclusão.

Sabe lá por quê, em vez de se sentir contente, foi invadido por uma onda de melancolia. Não somente a investigação estava chegando ao fim, mas, sobretudo, estava chegando ao fim o seu caso com Antonia.

Sentiu uma necessidade imperiosa de ouvir a voz dela.

Estacionou o carro, puxou o celular e teclou o número, na esperança de que ela atendesse.

O milagre aconteceu, e consequentemente Montalbano ficou sem fala.

– Olá, Salvo, eu ia mesmo ligar para você.
Silêncio.
– Salvo...
Ele conseguiu o fôlego necessário:
– Para me dizer o quê?
– Para me despedir. Vou partir amanhã.
– Em que sentido?
– No sentido de partir mesmo. Estou indo embora. Fui transferida em caráter de urgência.
Silêncio.
– Salvo...
– Podemos nos ver? – perguntou Montalbano, com um fio de voz.
– Esse era o motivo pelo qual eu ia telefonar. Não tenho tempo. Daqui a uma hora, alguém vem me buscar para me

levar até Catânia. Meu ex-chefe está organizando para mim uma espécie de festa de despedida e...

– Posso ir me despedir de você em Catânia?
– Não, Salvo. Não vejo por que você deva...
– É importantíssimo para mim.
– Tudo bem. Meu trem parte às 20h de amanhã.
– Então nos vemos na estação de Catânia às sete e meia. Combinado?
– Combinado.

O apetite havia passado completamente.

Ele ligou novamente o carro e seguiu para o porto.

Estacionou e deu início à longa caminhada em direção ao recife plano, abaixo do farol. Acomodou-se, acendeu um cigarro. Sentia-se completamente murcho. Sequer conseguia ficar sentado, então se deitou sobre o recife. O cigarro deixava em sua boca um ranço amargo. Atirou-o no mar, fechou os olhos.

Ah! Como seria melhor se, em vez de um homem de carne e osso, ele fosse um boneco de cera confeccionado em Fela!

Um boneco de cera, sem cérebro e, portanto, sem passado, sem presente e sem futuro.

Uma coisa. Uma coisa que seria arrastada para o mar, caso viesse uma onda mais forte do que as outras.

Precisou fazer um enorme esforço para se sentar de novo. Passou a mão pela face e percebeu que estava molhada. E sem dúvida não se tratava de água do mar.

Então lhe ocorreu fazer uma coisa estranha: estirou a língua e começou a lamber as mãos, limpando-as das lágrimas, e depois esfregou-as na calça para secá-las.

Pensava que, tendo chegado à sua idade, aquelas lágrimas jamais deveriam ter brotado de seus olhos. No entanto, essas lágrimas lhe deram força e dignidade suficientes para que ele se encaminhasse até o carro, muito devagarinho, mas tendo voltado a ser um homem.

– O promotor não fez objeções – informou Mimì – e me deu logo o mandado. Quer ficar com ele?
– Sim – respondeu Montalbano, guardando o documento no bolso.
– E quando o senhor quer que a gente vá ao apartamento? – perguntou Fazio.
– Minha intenção é fazer a revista quando tivermos certeza de que a garota não está em casa. E, como sabemos que esta noite ela tem a apresentação em Montelusa, vamos nos organizar em função disso.
– O que significa... – disse Fazio.
– Significa que você, a partir deste momento, fica de plantão diante do apartamento de Maria. Assim que ela sair, me telefone e eu vou pra lá.
– Mas, enquanto isso, vossenhoria fica no comissariado?
– Sim. Quero me livrar de uma papelada enorme.
– E eu? – quis saber Augello.
– Mimì, o que era preciso fazer, você já fez. Muito obrigado e até logo.

Assina, assina... Coragem, Montalbà, assine até quando seu gesto se transformar no de um autômato. Desse jeito você não pensa em nada, Montalbà.
*Salvo Montalbano. Salvo Montalbano.*
Assine, afogue-se num mar de papéis, Montalbà. E, se seu braço começar a doer, foda-se, continue, continue...
O telefone tocou.

Montalbano olhou o relógio. Eram seis e meia da tarde. Ele atendeu.

– Doutor – começou Fazio –, a garota acaba de sair. Pegou o carro e se dirigiu para Montelusa. Creio que temos campo livre.

– Estou indo agora mesmo.

Chegou diante do prédio de Maria, e Fazio abriu para ele a porta do carro.

– Como vamos agir? – perguntou o comissário.

– Não há porteiro. A garota mora no quarto andar. Lamento, mas também não há elevador. Já examinei a fechadura. É bem simples.

– Vamos lá.

Era um conjugado. Tudo ficava em poucos metros quadrados: uma minicozinha, uma cama de casal, uma bela estante cheia de livros de teatro. Na parede, acima da escrivaninha pequenina, havia uma enorme foto de Maria vestida num lindo figurino setecentista.

Abriram o armário e, em vinte minutos, compreenderam que naquele apartamento não havia nada que pudesse lhes interessar.

Um momento antes de saírem, decepcionados, Montalbano sentiu uma necessidade fisiológica urgente.

Entrou no banheirinho, aliviou-se e, enquanto isso, percebeu que ali o teto era mais baixo do que no resto da casa. Olhou melhor e viu que no forro de gesso havia um alçapão da mesma cor.

Chamou Fazio, e este não perdeu tempo. Pegou uma cadeira, subiu e com um tranco abriu o alçapão.

Depois esticou um braço e puxou dali uma escada dobrável de alumínio, bem leve.

— O senhor pode subir.
— Não, vá você — respondeu o comissário.
Fazio desapareceu. Um instante depois, Montalbano ouviu a voz dele, triunfante:
— O morto de Augello está aqui. Dentro de uma caixa grandona. O que eu faço? Levo pra baixo?
— Não — disse o comissário. — Deixe aí mesmo e desça.
Fazio dobrou de volta a escadinha e fechou o alçapão.
— Bem, com isso, concluímos. Volte para o comissariado, ou para onde quiser.
Fazio o encarou, perplexo.
— Mas o senhor pode me informar o que pretende fazer?
— Amanhã de manhã eu lhe digo.

O Satyricon não era propriamente um teatro. Descia-se dois degraus e chegava-se a uma espécie de porão. Não havia nem bilheteria. Montalbano viu uma senhora idosa, sentada atrás de uma velha mesa de madeira.
— O que deseja? — perguntou ela.
— Um ingresso para a peça.
A mulher abriu os braços:
— Esta noite, talvez não haja espetáculo.
— Por quê?
— Porque não tem público.
— Mas e eu?
A mulher se levantou, de má vontade:
— Um momento, com licença.
Deu uns quatro passos, abriu um reposteiro e gritou para a escuridão:
— Marì, chegou um. O que você resolve? Vai fazer o espetáculo ou não?

– Sim, vou – respondeu, de longe, uma voz feminina.

A mulher voltou. Destacou, irritada, um ingresso, Montalbano pagou seis euros e entrou.

O teatro consistia de umas quarenta cadeiras de palha e de um palco que podia ter, no máximo, quatro metros de largura por três de profundidade. Não havia cortina e tampouco cenário. Ele viu somente uma mesinha, tendo em cima um telefone anos 1930 e um cinzeiro, e ao lado uma poltrona meio esburacada. Montalbano se sentou numa cadeira da primeira fila, e no palco acendeu-se um refletor que caiu perfeitamente sobre a área que compreendia a mesinha e a poltrona. Em seguida, apareceu Maria, de camisão, descalça. Adiantou-se e levou a mão à fronte, para avistar o único espectador na sala. De repente, segundo pareceu a Montalbano, a jovem exibiu uma expressão tranquilizada. Revelava uma autoridade e uma presença cênica que prendiam a atenção. Um leve sorriso lhe surgiu nos lábios. Ela recuou, sentou-se na poltrona e começou:

– Esta noite eu deveria apresentar *A voz humana*, de Cocteau. Mas, dada a presença de um espectador muito especial, vou improvisar para ele, e somente para ele.

Montalbano baixou a cabeça, como se dissesse "por favor, vá em frente".

– Eu me tornei uma mulher quando ainda existiam os homens. Fui educada sob o princípio de que os machos queriam sempre e somente uma coisa: foder. Os machos eram gentis com as fêmeas por uma razão, os machos namoravam as fêmeas pela mesma razão, e às vezes se casavam com as fêmeas sempre por aquela única razão. Foder com elas.

Agora a voz da garota havia mudado. Ela estava certamente dizendo uma verdade, mas com frases, tons e coloridos que faziam suas palavras parecerem uma coisa de teatro, mais do que de vida real.

– E assim, por longo tempo, procurei de todas as maneiras ser uma jovem respeitada e respeitável, como me ensinaram em minha família. Nunca, porém, respeitando a mim mesma. Tentei esconder a tal ponto minha feminilidade, que nunca nenhum macho se deu conta de mim. Somente nas tábuas do palco – e aqui ela bateu com força os pés descalços sobre a madeira – tive a possibilidade de ser verdadeiramente eu, através da interpretação de mulheres diferentes de mim: mulheres livres, que sabiam aquilo que queriam e o obtinham. Na vida real, eu continuava sendo a virgem Maria del Castello, pronta para se defender do macho. Então apareceu Carmelo, meu demiurgo, e me explicou que havia um modo de ser eu mesma inclusive fora do palco. E eu confiei nele cegamente. Ou melhor, me fiz plasmar por ele. Carmelo foi muito competente em fazer com que eu me sentisse verdadeiramente Ofélia e depois Teodora, e depois Irina e Nora. E, sobretudo, foi ele quem me fez tornar-me uma mulher.

Aqui, o tom de sua voz ficou mais baixo e dolorido.

– Somente uma vez, porém, ele me fez fêmea. Durou poucos minutos, no carro. Depois, e eu jamais soube por quê, se recusou a mim. Mas aquela única vez, na expectativa de que houvesse outras, bastou para que eu me tornasse sua escrava, sua prisioneira. Dependente dele, totalmente submissa à sua vontade e sobretudo ao desejo de que ele me fizesse novamente sua. E Carmelo se aproveitou disso. Claro que se aproveitou! Mas, como se me punisse pela minha submissão, não me permitiu subir de novo ao palco. Eu não me rebelei, estava sempre me perguntando por que ele não me queria, por que me rejeitava. Eu não tinha feito amor com ele? Não tinha obedecido ao que ele desejava? Então, por que, embora sempre me tivessem dito que os machos só queriam aquela coisa, ele não a queria de mim? Por que, justamente quando eu tinha me descoberto fêmea, ele me havia deixado a implorar seu corpo, uma carícia, um abraço seu? Depois veio *Esquina perigosa*. Ele disse que eu talvez pudesse ser Olwen. Olwen era minha última possibilidade. Uma personagem secundária, ninguém se dá conta dela até que Martin, talvez somente por efeito da droga, decide possuí-la. E Olwen, recusando-se a isso e matando-o, sairá do anonimato. Eu queria ser Olwen. Mas Carmelo logo mudou de ideia: "Você não conseguirá interpretá-la nunca. Como você pode fazer um homem ficar de pau duro? E, depois, até mesmo atirar nele? Não, Maria, esqueça. Vou achar outra pessoa para esse papel". Eu supliquei que ele me deixasse fazer um teste. Carmelo então me desafiou: se eu realmente queria aquele papel, devia demonstrar a ele que estava disposta a tudo. Pediu que eu encontrasse um lugar para o teste, porque não queria me levar à casa dele. Então, roubei na agência as chaves do apartamento desabitado. Carmelo pediu que eu me vestisse como Olwen. E me transformei numa secretária qualquer: grossas meias cor de carne, mocassins, saia até o joelho, camiseta supercomum, luvas brancas e uma pasta de trabalho. Eu devia circular vestida desse jeito, sempre. Fomos juntos uma primeira vez à via Biancamano, depois uma segunda. Carmelo pediu que eu deixasse com ele as chaves do apartamento. Na noite seguinte, nos encontraríamos após o jantar. Cheguei, bati, percebi que a porta estava somente encostada e entrei. Carmelo não me respondia. Caminhando no escuro, cheguei ao quarto e vislumbrei um cadáver em cima da cama. Pensando que era ele, gritei, gritei tanto que Carmelo acendeu a luz e me mostrou que se tratava apenas de um boneco de cera em tamanho natural, mas eu estava transtornada. "Eu não disse que você não aguentaria? Fica apavorada com um boneco de cera, imagine se seria capaz de matar um ser humano! Chega, Maria, esqueça." Eu já não sabia o que fazer. Me ajoelhei, baixei a calça dele, queria demonstrar que era uma verdadeira mulher. Mas Carmelo não só não ficou excitado, como também começou a rir. Um sorriso de escárnio. Depois disse que não queria perder mais tempo comigo e que ia embora. Me intimou a arrumar tudo, me explicou como desmontar o boneco e guardá-lo na caixa que estava embaixo da cama e repetiu que eu não lhe procurasse mais. Eu, porém, supliquei que me levasse com ele e, apesar de sua recusa, resolvi segui-lo até sua casa, do jeito como estava vestida, e assim o fiz. "Tudo bem, Maria, façamos da seguinte maneira, mas você promete que depois vai embora: eu lhe dou um presente, ou melhor, meu pau lhe dá um último presente." Remexeu no bolso, procurando umas pílulas, procurou outras e as engoliu. Em seguida, me disse: "Agora vou repousar, estou cansado. Você coloca a mão sobre minha calça e, quando vir que ele está pronto, sobe em mim e faz o que precisa fazer". Recordo esta imagem minha: eu sentada ao lado dele na cama, as luvas brancas pousadas na braguilha e ele descansando. A certa altura, um sorriso abobalhado se desenhou em seu rosto. Achei que o remédio tinha funcionado, mas nada. Só mesmo aquele sorriso cretino, que continuava pairando sobre seus lábios. Acredita que foi aquele sorriso, comissário, que me levou a me libertar dele? Enquanto o olhava, compreendi que o odiava, que o detestava, que eu seria, sim, capaz de matá-lo, e então impulsivamente, sem pensar, peguei o abridor de envelope que estava sobre a mesa de cabeceira e o enfiei no coração de Carmelo. Ele não se moveu, não tentou me deter, continuou sorrindo, e eu segurando o punhal.

"Depois me senti livre. Finalmente, livre. Deixei-o na cama. Indícios meus naquela casa não podiam existir, afinal Carmelo jamais tinha me permitido ir ao seu encontro ali. Voltei ao apartamento da via Biancamano. Limpei tudo o que havia para limpar, guardei o boneco de cera em sua caixa e o levei comigo. Não toquei em mais nada, comissário, não roubei as conchas, posso lhe assegurar. Em seguida, assim que saí do apartamento, joguei fora aquelas roupas horrorosas de Olwen. Acredite em mim, não tive um momento sequer de pesar. É possível que uma pessoa mate um homem e não se sinta culpada, mas somente livre?"

Ela havia concluído, e se abandonou sem forças contra o espaldar da poltrona. Montalbano se levantou, aproximou-se do palco e a chamou baixinho:

– Maria...

A jovem ergueu a cabeça e olhou para ele. Montalbano percebeu que a face dela estava enxuta, nenhuma lágrima havia brotado de seus olhos.

– O senhor me dá mais uns cinco minutos, antes de me prender?

– Eu não tenho intenção de prendê-la – replicou Montalbano.

E, aqui, a jovem se levantou repentinamente e gritou:

– Mas tudo o que lhe contei é verdade! Eu sou uma assassina. Carmelo não acreditava que eu seria capaz, mas eu fiz aquilo para valer, e não pelo símil-vero que ele queria.

– Escute – disse o comissário, paciente –, a autópsia revelou que ele, quando levou a punhalada, já tinha morrido de infarto, poucos segundos antes. Então, lamento informar, mas a senhorita não o assassinou.

Maria cambaleou. As pernas não a seguraram mais. Despencou na poltrona e desta vez explodiu num pranto irrefreável, convulso.

Montalbano deixou-a desafogar e, quando a viu um pouco mais calma, disse:

– Espero a senhorita amanhã, às dez, no comissariado.

A jovem não conseguiu falar. Limitou-se a acenar que sim com a cabeça.

– Procure dormir esta noite – concluiu ele.

Virou-lhe as costas e saiu. Já no carro, ligou para Fazio.

– Desculpe o transtorno. A garota confessou, e eu disse a ela que, no entanto, Catalanotti já estava morto. Convoquei-a para amanhã, às dez. Registre o depoimento e em seguida leve-a até o promotor, o qual já deverá ter recebido o laudo de Pasquano. Ela vai se livrar facilmente.

– Mas, desculpe – disse Fazio –, vossenhoria não vem amanhã?

– Não, tenho um compromisso. Estarei fora de Vigàta o dia inteiro. Até mais ver, boa noite.

Ligou o motor e partiu.

Quando, no dia seguinte, entrou no carro para ir a Catânia, congratulou-se consigo mesmo. Havia conseguido gastar o serão, a noite e a manhã perdendo o máximo possível de tempo.

Ao dar a partida, calculou que chegaria cedo demais para o encontro. Mas logo encontrou a solução. Passando por Fela, desviou para Piazza Armerina. Já nessa cidade, não conseguia acreditar que somente ele estava curtindo tanta maravilha. Não avistou vivalma em meio aos mosaicos e às encantadoras ruelas do lugar. Como era possível, caralho, que, num país no qual se encontrava a maior parte das belezas mundiais, não tivessem sido capazes de organizar um turismo que desse comida a todos, em vez de deixá-los pobres e malucos?

Apesar desses pensamentos, partiu dali sentindo o coração um pouco mais leve.

Chegou bem a tempo, e Antonia já o esperava na plataforma. Tinha somente uma mala, e até não muito grande.

Talvez já tivesse despachado a bagagem mais volumosa. Havia poucos viajantes. O trem ainda não chegara. Diante da mulher que lhe sorria, Montalbano ficou momentaneamente confuso. Devia estender-lhe a mão, beijá-la na bochecha, dizer somente "boa noite"? Antonia compreendeu, e foi ela que o abraçou.

– Obrigada por ter vindo.

Em seguida, aconteceu uma coisa terrível: não encontraram o menor assunto de conversa.

Antonia acabou sendo a primeira a falar:

– A quantas anda a investigação sobre a morte de Catalanotti?

– Tudo resolvido. Você estava com a razão: a autora era a possível Olwen da peça. Tive até uma certa sorte, a jovem praticamente me confessou tudo por iniciativa própria. Mas não foi ela que o matou.

E, aqui, Antonia não entendeu. Encarou o comissário, perplexa:

– Como assim?

E Montalbano contou o que havia acontecido, falou inclusive do boneco de cera.

Nesse momento, o trem anunciou sua chegada, com um longo apito, e parou. Montalbano se inclinou para pegar a mala, mas, em vez da alça, sua mão acabou agarrando a mão de Antonia, a qual o tinha precedido.

E foi como se aquelas duas mãos não pudessem mais se desgrudar. Ficaram ambos assim, meio inclinados, segurando-se as mãos e fitando-se nos olhos.

– Todos a bordo...!

Pareceram não ter escutado. Continuavam se olhando, sem falar. Apertando-se as mãos com mais força ainda. Nenhum dos dois tinha vontade de aliviar a pressão.

O trem começou a se mover lentamente.

Eles nem sequer o viram partir.

De repente, se viram num silêncio irreal, como que fechados dentro de uma bolha fora do espaço e do tempo.

Finalmente soltaram a mala e, num impulso, caíram nos braços um do outro, em um abraço convulso.

– E agora? – conseguiu perguntar Montalbano.

– Agora, estamos aqui.

*A fogueira que ardeu a noite inteira*
*e que te inflamou até a raiz mais profunda*
*amorteceu-se à primeira luz do dia, perdeu ímpeto e vigor,*
*transformou seu rugido rouco*
*em um balbuciante crepitar.*
*Depois silenciou, para sempre.*
*Era, e tu sabias, a última chama a ti concedida*
*pelos deuses, em teu outono mais que tardio.*
*Não haverá outras.*
*Mas, agora, bastará por acaso um Everest de cinzas*
*para sepultar este punhado de brasas*
*Que ainda teimam em fulgurar?*

# Nota

Os versos citados neste livro são, respectivamente, de Patrizia Cavalli, Pablo Neruda, Wislawa Szymborska.

Repetirei até a exaustão que os personagens, seus nomes, as situações nas quais eles se encontram, os raciocínios que fazem, as realidades que vivenciam são todos de minha invenção.

Não foram inventados por mim, contudo, certos fatos políticos que hoje são realidade, mas que, na época da redação do romance, pareciam ao comissário somente um pesadelo.

Agradeço ao general Enrico Cataldi por alguns conselhos preciosos.

E, como sempre, obrigado a Valentina por sua inigualável contribuição.

# Sobre o autor

Nascido em 1925 em Agriento, Itália, Andrea Camilleri trabalhou por muito tempo como roteirista e diretor de teatro e televisão, produzindo os famosos seriados policiais do comissário Maigret e do tenente Sheridan. Estreou como romancista em 1978, mas a consagração viria apenas no início dos anos 1990, quando publicou *A forma da água*, primeiro caso do comissário Salvo Montalbano. Desde então, Camilleri recebeu os principais prêmios literários italianos e tornou-se sucesso de público e crítica em todos os países onde foi editado, com milhões de exemplares vendidos no mundo.

lepmeditores

**www.lpm.com.br**
o site que conta tudo

Impresso na Gráfica BMF
2023